TODO PERSONAL III

El recuento de los años

Yurina Melara

Ojo de cuervo

ISBN-13: 979-8-9893150-4-8

Cover design by: Ojo de cuervo
Library of Congress Control Number: 2018675309
Printed in the United States of America

Para quienes leen por placer
Para quienes leen por que sí
Para quienes buscan una historia más
Todo es personal

CAPÍTULO 1

Darwin

Discurso del cuarto año de presidencia

¡Buenos días!

Estimados hermanos y hermanas salvadoreñas, quienes están aquí presentes en la Asamblea Legislativa, y los que nos ven por televisión o en las redes sociales y quienes nos escuchan por la radio. Gracias por unirse a la Cadena Nacional de Medios.

Han pasado cuatro años desde que me paré delante del Palacio Nacional, en el ahora reorganizado, amplio y bello centro histórico de San Salvador, para jurar ante Dios y ante ustedes, el pueblo salvadoreño, que defendería los derechos de todos y de todas, ciudadanos trabajadores, honestos y que respetan la vida de los otros. El derecho fundamental que durante estos años hemos protegido es la vida. El derecho a vivir. Ese es el principal derecho fundamental del que emanan todos los demás derechos.

Como fuimos testigos el pasado 1 de mayo, Día del Trabajador, mi esposa Tatiana estaba acompañando la marcha de los trabajadores cuando una bomba detonó. Cinco personas perdieron la vida instantáneamente, más de cincuenta personas sufrieron heridas de gravedad y muchos de ellos posiblemente necesitarán ayuda por el resto de sus vidas. Y siete días después fuimos testigos de una segunda bomba en la zona de Apopa.

Mi esposa, mi adorada Tatiana, quien me acompaña esta mañana...

Me tomo unos segundos para que la gente aplauda.

...está en la zona de los invitados especiales.

Más aplausos. La vuelvo a ver y la señalo con la mano.

Ella está ayudando en las investigaciones para dar con los culpables. Para quienes no saben, ella es muy buena entrevistando y atando cabos. Pronto tendremos un reporte oficial de las investigaciones que, por su puesto, compartiremos con todo el pueblo salvadoreño.

Está claro que no podemos bajar la guardia con los grupos terroristas que quieren infundir miedo y someter a las personas buenas. Es por eso que desde ese ataque terrorista hemos arrestado a más de quince mil pandilleros.

Como señalé anteriormente, el derecho a la vida es el derecho fundamental del que derivan todos los demás derechos, y nuestro deber como gobierno es preservarlo para que todos y todas podamos vivir en paz y seguridad. A pesar de los desafíos que encaramos, mantenemos un compromiso inquebrantable de combatir la violencia y el crimen que amenazan la paz en nuestras comunidades, especialmente en los barrios más pobres.

Sin embargo, es imperativo que protejamos el derecho a la vida de los salvadoreños buenos, quienes son sin lugar a duda más del 95 por ciento de la población, por encima de los criminales que infunden miedo en las calles y que matan sin tocarse el corazón. Por eso, a partir de HOY estamos utilizando una figura jurídica que está en la Constitución y que nos da el poder de ayudar a las personas buenas deteniendo a los malos. Desde HOY estamos aplicando Medidas de Reparo, que nos permitirán suspender temporalmente los derechos civiles de los terroristas.

Yo les dije en mi discurso de toma de posesión hace cuatro años que si escogían mal, les iba a ir mal. Lamentablemente, no podemos seguir dando oportunidades a quienes ya nos han demostrado que son malos. El bien y el mal existen. Y para defender a los buenos tenemos que eliminar el mal de nuestras calles y de nuestras comunidades.

Con mucho orgullo les digo que esos terroristas jamás saldrán a la calle. Es más, jamás volverán a hacerle daño a ninguna otra persona. Esos criminales que decidieron endurecer su control en las calles, matando a personas inocentes y poniendo bombas en la marcha anual de los trabajadores, nunca volverán a ser libres. Ya nunca tendrán la oportunidad de aterrorizarnos. Muchos de esos criminales ya han recibido condenas consecutivas por cada salvadoreño que mataron y están sentenciados a más de cien años de prisión. Algunos cabecillas que han sido identificados como los asesinos intelectuales de más de veinte muertos tendrán que cumplir condenas de seis cientos años o más.

Tomo una breve pausa para permitir a la gente desahogar su alegría con una ola larga de aplausos.

Es importante también decirles a todos ustedes que como sociedad tenemos que evitar que nuestros niños opten por hacer el mal. Es por eso que hemos invertido en centros comunitarios y programas educativos y deportivos para cuando los menores no están en clases. Es importante que esos jóvenes que tienen mucha energía y muchas ganas de hacer cosas encuentren su camino hacia la superación. Y escúchenme bien, a cualquier persona que opte por hacer algo criminal o terrorista, le caerá todo el peso de la ley sin importar su edad ni su condición socioeconómica. Ya sea que sea un pobre en su casa de lámina a la orilla del río o un rico que cometa algún crimen de cuello blanco.

Sobre la educación, quiero informarles que hemos invertido en las escuelas públicas. Fundaciones y países amigos nos han donado tabletas y computadoras de última generación para todos nuestros niños, desde el primer grado al último año de bachillerato. Todos, sin excepción, tienen acceso de forma gratuita al internet que hemos instalado en cada uno de nuestros centros educativos y centros comunitarios.

Además, en los últimos tres años hemos evaluado a nuestros maestros y hemos establecido sueldos con base en la productividad, nivel educativo y mérito. Ningún "dizque" profesor que no daba el cien por ciento a sus alumnos ha recibido o recibirá incremento salarial. A esos profesores les digo que si ya tienen el tiempo para jubilarse, que lo hagan, antes de que sean despedidos sin indemnización. A esos malos maestros, les digo que así como llegó la limpieza a los juzgados, y tanto jueces como personal corrupto fue despedido, así les va a llegar el camión de la basura. Sálganse antes de que sean obligados a irse.

Nuestras escuelas públicas van por el buen camino.

Nuestras escuelas públicas han mejorado tanto que en este año escolar hemos visto un incremento de un veinticinco por ciento en las matrículas.

Nuestros niños valen la pena.

Nuestros niños merecen adultos responsables a su alrededor que se interesen por su bienestar y que los guíen por el buen camino.

Y a nuestros niños les digo que si en algún momento se encuentran con un adulto que no los ayuda o que por cualquier motivo los hace sentir incómodos, denúncienlo. Ustedes tienen la obligación de reportar a esos adultos que no se portan bien y que tal vez tengan una conducta criminal. Acudan primero a la dirección del centro educativo, si ahí no los escuchan vayan con los policías.

Y a ustedes, policías o militares, les ordeno que tomen nota de cada denuncia y averigüen. En sus manos está que nuestros niños no caigan en situaciones peligrosas.

Como país reconocemos que la educación es la llave para el avance y la equidad en nuestra sociedad, y continuaremos fortaleciendo nuestro sistema educativo para que cada niño y joven pueda acceder a una educación de alta calidad.

La salud también constituye un pilar fundamental en nuestra gestión. En estos cuatro años, hemos trabajado arduamente para mejorar el acceso a servicios de atención médica de excelencia para todos los salvadoreños. La pandemia representó un reto sin precedentes, pero hemos enfrentado la crisis con determinación y solidaridad, brindando apoyo a los más vulnerables y vacunando a nuestra población para proteger la salud de todos. Me complace decirles que no solo los edificios de nuestros hospitales han sido renovados, sino también hemos avanzado en la digitalización de datos y en ofrecer telecitas cuando es conveniente.

Y el mayor logro es que tenemos medicamentos básicos como antibióticos, medicina contra la diabetes y la hipertensión, así como contra otras muchas enfermedades. Esta fue una de las principales promesas de campaña. Yo les aseguré que nos alcanzaría el dinero para tener medicina en nuestros hospitales y centros de salud comunitarios. Y lo hemos hecho.

Las promesas que les hice, hace cuatro años, de proteger la vida de las personas buenas, de mejorar la educación de nuestros pequeños y de cuidar la salud de todos, las hemos cumplido.

Mi equipo de trabajo, que incluye a mi esposa...

La gente le aplaude nuevamente a Tati. La gente la quiere tanto como yo. Espero un momento y continúo:

Hemos demostrado que cuando hay voluntad de hacer las cosas bien, el dinero no es inconveniente. Hemos demostrado que para que triunfe el bien, hay que ponerle un alto al mal; y hemos demostrado que, con la bendición de Dios y la confianza de todos ustedes, vamos por buen camino.

Otra pausa y más aplausos. Al parecer mi discurso también va por buen camino.

En este cuarto año de presidencia, ratifico mi compromiso con la transparencia y la responsabilidad.

Como Gobierno, hemos avanzado en la lucha contra la corrupción y en la promoción de la integridad en la administración pública. Persistiremos en nuestros esfuerzos por fortalecer nuestras instituciones y garantizar que los recursos del país se empleen en beneficio de todos los salvadoreños.

Por eso, hoy, a un año de que termine mi primer período presidencial, anuncio que me voy a postular para un segundo término.

Los aplausos son inmediatos. Espero. Uno, dos, tres. Sonrió y con voz fuerte afirmo:

¡Un segundo período presidencial!

Más aplausos. Muevo la cabeza de arriba a abajo y levanto los brazos en señal de triunfo por unos segundos. Vuelvo a contar hasta tres y continúo:

Algunos juristas dirán que la Constitución no lo permite.

A esas personas les digo que la Constitución es un documento que se ha cambiado varias veces en los últimos cuarenta años para incluir medidas punitivas contra las mujeres, y otros cambios basados en dogmas más que en la razón. A esas personas les digo que dejemos que el pueblo salvadoreño decida.

De eso se trata la democracia.

La mayoría de los asistentes aplaude. Algunos diputados de la oposición, sentados cerca del podio, no les gusta para nada la idea. Están sorprendidos. Ellos ya no aplauden.

Dejemos que las personas decidan qué es lo mejor para nuestro país: si seguir avanzando en cuidar la vida, la seguridad y la dignidad de las personas o dar marcha atrás en todo lo que hemos logrado y que regresen los corruptos de los dos partidos políticos que por más de treinta años nos sometieron a la corrupción, a la indiferencia y al ataque a nuestro derecho más fundamental que es el derecho a la vida. El pueblo decidirá lo que quiere. Mi administración y yo les hemos demostrado todo lo que se puede hacer cuando hay un compromiso con la justicia, la dignidad y la seguridad.

Agradezco nuevamente su respaldo y por acompañarnos en este cuarto año de presidencia, y por la oportunidad de servirles por otros cinco años más. En los próximos días estaré presentando oficialmente mi candidatura para las elecciones del próximo año.

¡Que Dios derrame sus bendiciones sobre El Salvador y todos sus habitantes!

CAPÍTULO 2

El día en que el rumbo cambió

1 de mayo

I. Tatiana

6:00 a. m.

Suena mi alarma que como todos los días me despierta a las seis de la mañana. Hoy es un día feriado, pero desde hace cinco años, cuando decidí dejar mi trabajo como periodista y dedicarme a la política, no hay días libres. Bueno, en realidad la decisión que tomé fue ayudarle a este hombre maravilloso que duerme a mi lado cada noche, a hacer que este país sea la mejor versión de sí. Y la verdad es que hemos logrado muchos avances. Todo está mejor. Aunque todavía las pandillas dominan ciertas zonas del país y ciertas industrias como el transporte... Mi pensamiento es interrumpido por mi hombre preferido.

—Buenos días, *babe* —me dice Darwin.

—¿Cómo sabías que estoy despierta?

—Puedo escuchar tus pensamientos —agrega y se tira una leve carcajada.

—¡Qué cosas! ¿Así de alto pienso?

—Ja, ja, ja... sí, y te escucho en lo más profundo de mí.

Levanta la cabeza y me da un beso en la boca. Así con mal aliento y todo.

—¿Vas a venir conmigo a la marcha de los trabajadores? —le pregunto.

—No. No creo que me dé tiempo de llegar a la plaza Libertad para las 10 a. m. Tengo una reunión con el ministro del MOP a las 9:30 a. m. Está programada para una hora, pero la verdad es que lo quiero presionar para que termine dos proyectos en oriente lo antes posible. Quiero que para el 1 de junio todas esas obras que prometimos hace un año estén terminadas.

Darwin se levanta de la cama y se va al baño. A mí todavía me quedan unos minutos más de contemplación antes de poder levantarme. Quisiera poder ser como él y levantarme de la cama cuando abro los ojos, pero simplemente no puedo. Ni modo. A mi edad tengo que aceptar que soy como soy y que hay cosas que no voy a cambiar.

◆ ◆ ◆

II. Tatiana

8 a. m.

Estoy sentada en la mesa del comedor cuando doña María me trae a Catalina. Es una bendición que la señora me quiera tanto a mi pequeña hija, y que ambas estén apegadas mutuamente, Así no me siento tan culpable cuando tengo que salir de viaje o trabajar muchas horas. Sé que la niña está bien y es lo que me importa.

A sus cuatro añitos Catalina es una niña muy capaz, ya aprendió a leer y lee todo lo que se le atraviesa en su camino. A veces lee documentos en los que trabaja Darwin, y a veces se acerca a mí para ver en qué estoy trabajando. Seguramente no entiende el significado de todo lo que lee, pero se está formando un vocabulario muy extenso.

—Mi amor, buenos días. ¿Cómo amaneciste esta mañana?

—¡Mami! —me dice y se tira a abrazarme.

—Fui a tu cuarto a verte hace un rato y aún estabas dormida... creo que se te pegaron las sábanas.

—Mami, nadie me despertó —dice molesta.

—Amor, hoy no vas al kinder. Es un día feriado. No había motivo para despertarte temprano... a veces es bueno romper la rutina y descansar todo lo que el cuerpo necesita. Ahora ya estás despierta y puedes jugar, colorear, leer o lo que querrás. ¿Qué se te antoja hacer este maravilloso día?

—Quiero estar con vos todo el día. ¿Vas a ir a la oficina? ¿Me llevas a tu oficina?

—Voy a ir a una marcha por el Día de los Trabajadores. ¿Sabés qué es una marcha?

—Sí, la gente sale, van a caminar juntos, ¿verdad?

—Sí —le digo mientras le acaricio el cabello negro.

Mi niña se parece tanto a su papá, con su pelito grueso negro y su cuerpecito rollizo. Yo no era así, a su edad yo tenía el pelo claro y siempre fui delgada. Cuando mis compañeras de clase querían ser despectivas me llamaban "la chele flaca".

—Quiero ir con vos a la marcha —me dice en tono firme.

—Dejame pensarlo. Me encantaría llevarte, pero de ahí tengo que ir un rato al estudio de televisión, vamos a grabar unos nuevos cortos, y ahí no se puede hacer ruido.

Le digo a María que le traiga desayuno a Catalina mientras yo me quedo con ella. Me encanta pasar tiempo con mi niña y sus hermanitas, que, por cierto, no han salido de sus habitaciones.

—¿Qué tal si en lo que doña María te trae el desayuno, vamos a ver qué están haciendo tus hermanas?

—No sé. Alicia se enoja por todo. Me cae mal como me trata.

—Tu hermanita Alicia está en la edad en que todo le cae mal, pero no te preocupés, que no le va a durar mucho tiempo. Vamos a ir al cuarto de ambas... ¡Vamos!

La agarro de la manita y caminamos por el pasillo de la derecha que nos lleva al lado de la casa a donde están las habitaciones de las niñas. La verdad es que no me gusta que ellas estén a un lado de la casa y nosotros al lado contrario; pero cuando aprobé el diseño de la casa, no pensé que me molestaría.

Abro la puerta de la habitación de Noemí para ver si todavía está dormida. No quiero tocar la puerta y despertarla. Y tal como me imaginé, aún duerme. Me pongo el dedo índice en los labios para indicarle a Catalina que no diga nada. Salimos de la habitación, y nos dirigimos al cuarto de Alicia. Catalina me suelta la mano y se pone el dedo índice de la mano derecha en la boca. Abro la puerta y Alicia está despierta, acostada en su cama y viendo su celular. Deja de ver el teléfono y dirige su mirada enojada hacia mí.

—¿Qué? —me dice frunciendo las cejas.

—Buenos días, mi amor. ¿Cómo amaneció? —le digo sonriendo para mostrarle buena voluntad, en lugar de reclamarle por su saludo amargo.

—Buenos días, ¿qué querés?

—Quiero saber cómo amaneciste y si quieres comer con tu hermanita. Doña María está preparando comida para Catalina y le podemos decir que te prepare comida a vos también.

—No tengo hambre —dice y regresa la mirada al celular.

—Alicia, vamos al comedor y pasamos un ratito juntas. Noemí aún está dormida, pero nosotras tres podemos compartir un ratito antes de que me vaya a trabajar.

—No tengo ganas de levantarme. Y no dejés que Catalina se acerque a mi tocador, ella es una amenaza a todas mis cosas. Sabés, hace unos días encontré mis labiales abiertos y algunos hasta quebrados, que-bra-dos... No pudo haber sido nadie más que ese pequeño monstruo.

—No le digas monstruo a tu hermanita. No está bien que ustedes se digan apodos. Las tres son hermanas y se deben querer y cuidar mutuamente. No atacarse.

—Decile a ella que no ataque mi maquillaje. No tiene nada que hacer en mi cuarto, principalmente si yo no estoy.

—Alicia, vamos al comedor, venite.

—Está bien. Voy, pero antes voy a despertar a Noemí, no quiero ser la única que tenga que aguantar tus intentos de juntarnos.

Sé que ese comentario tiene veneno, pero no me doy por enterada. No quiero alejar a Alicia aún más de lo que ya está. Desde hace un par de años se queja de todo y principalmente de Catalina. A Noemí todavía la tolera, pero ya no está apegada a ella como después de los asesinatos de su mamá y de la hermanita pequeña.

Cuando regresamos al comedor, María ya tiene varios pancakes en la mesa. Le pido que por favor traiga dos platos más para Alicia y Noemí. Las tres están sentadas a la mesa. Noemí y Catalina hablan sobre lo que quieren hacer hoy, y Alicia ni siquiera las ve. Catalina le pide a Noemí que la acompañe al jardín después del desayuno para ver las tortugas. De la casa de mi mamá me traje tres tortugas, y ahora hay más de siete, creo. A veces es difícil contarlas porque se esconden. Qué bueno que Catalina ya desistió de querer irse a trabajar conmigo.

—Mis amores, me voy a ir a trabajar en menos de una hora. Les pido que como siempre se cuiden entre las tres. Doña María está aquí para lo que se les ofrezca, pero es importante que pasen tiempo juntas, que se quieran, que busquen actividades que puedan hacer las tres, como ir a buscar a las tortugas, y tal vez hasta tratar de contarlas. Alicia, mi amor, te pido que hagás el intento. Por favor.

Alicia me vuelve a ver, pero no me dice nada. Ella sabe que tengo razón. Les doy un beso a cada una. Alicia y Noemí jamás me han dicho mamá, para ellas solo soy Tati, pero estoy segura de que ambas me quieren. Yo he tratado de llenar ese vacío que dejó Carla, desde el principio de mi relación con Darwin.

III. Tatiana

10 a. m.

La Marcha de los Trabajadores está programada para salir del parque Simón Bolívar rumbo a la plaza Libertad, sobre la Segunda Calle Poniente, solo hay que caminar como nueve cuadras, pero como ya voy tarde, le digo al motorista que se acerque mejor a Catedral.

—Juan Carlos, se baja usted conmigo —le digo a uno de los guardaespaldas.

—Pero, ¿solo yo, licenciada? Creo que necesitamos por lo menos a uno más, y Mario no puede porque va manejando.

—Vamos a estar bien, estas son personas que adoran a Darwin, no nos va a pasar nada.

—Como usted diga… pero tal vez Mario se puede estacionar por aquí y alcanzarnos. Nuestro entrenamiento de protección a personalidades nos indica que debemos estar por lo menos dos agentes a toda hora. Por eso dos de nosotros siempre la acompañamos, licenciada.

—Sí, entiendo. Y está bien. Mario, estaciónese lo más cerca que pueda sin bloquearle la salida a nadie. Siempre hay que mantener en mente que el respeto al derecho ajeno es la paz... ja, ja, ja... Perdón, ya hasta parezco mi marido dando consejos de vida.

Mario logra entrar al estacionamiento de Catedral. Afortunadamente, nos dejaron pasar y había espacio. Nos bajamos del Toyota 4Runner que Darwin compró con su propio sueldo. No quiso agarrar un carro oficial porque dijo que es malgastar el dinero público; es más, ordenó que ningún funcionario con salario de más de cinco mil dólares mensuales tuviera derecho a vehículos oficiales. Los autos oficiales solo son las ambulancias, y los microbuses que sirven para transportar a los empleados públicos con horarios complicados.

Como es costumbre, espero a que Juan Carlos me abra la puerta. Él tiene que asegurarse de que no haya ningún peligro antes de que yo salga del vehículo. Ha sido difícil acostumbrarme a esta vida de VIP. Yo que siempre fui de la calle y reina de mi tiempo. Ahora mi tiempo se lo debo a mis hijas, a Darwin, y al pueblo que cree en Darwin. Mi amado esposo es uno de los presidentes más celebrados y populares en la historia del país, la última encuesta de la Universidad Tecnológica lo ubica con niveles de aprobación de arriba del setenta por ciento. Históricamente, a esta altura de la administración, las personas están aburridas de sus gobernantes, pero al igual que yo, el pueblo, lo adora.

—Licenciada, por aquí —me dice Juan Carlos viendo hacia todos lados y guiándome hacia la entrada del estacionamiento.

Mario camina detrás de mí. Los tres nos paramos en la esquina de Catedral para ver a dónde viene la marcha y parece que viene a una cuadra. El tiempo fue perfecto... para llegar casi al final. La marcha salió pasaditas las 9:15 a. m.

Les digo a ambos que nos quedemos aquí a esperar a los dirigentes laborales, quienes seguramente vienen liderando la marcha.

Cuando era reportera me tocó cubrir este evento muchas veces, y mi estrategia era hacer entrevistas de los participantes al principio y de ahí irme a la plaza Libertad para escuchar los discursos largos que seguramente darán cada uno de ellos para enfatizar la lucha del trabajador. Todos siempre dicen lo mismo. El único que dice cosas diferentes es Darwin. ¡Ah, mi amado Darwin! Y ahora, le hacen coro sus ministros, viceministros y uno que otro empresario, y aunque la flaca de la Lucía hace el intento de cambiar los hechos, es evidente lo mucho que ha hecho Darwin. Pero bueno, enfocate Tatiana, estás aquí para hacer relaciones públicas. Saludar a los sindicalistas, dar la mano y... Escucho un ruido fuerte... qué es eso...

—¿Juan Carlos, qué sucede? —le pregunto como si él tuviera poderes especiales para descifrar la situación.

—No estoy seguro, licenciada. Pero no creo que sea prudente quedarnos aquí a averiguarlo. Su seguridad es lo primero.

Veo que los reporteros que ya estaban instalados para grabar algunos de los discursos en la plaza Libertad están corriendo hacia donde surgió la explosión. A simple vista sólo se ve humo. Sin decirles nada más a ninguno de mis guardaespaldas, entra en mí el deseo por saber qué sucede y salgo corriendo rumbo al origen del humo. Hay mañas que no se quitan, y la maña de seguir la noticia es algo que nunca se me va a quitar.

—Licenciada, no, por favor... regresemos al vehículo —dice Mario tratando de detenerme.

—¡Suélteme el brazo! —le digo en tono fuerte —si quiere protegerme, sígame, pero no me jale y no se ponga en mi camino.

Voy de prisa, siguiendo a uno de los reporteros que identifico inmediatamente. Su nombre es Edwin. No creo que él sepa qué esconde el humo, pero lo que me tranquiliza es que no hay otras explosiones. Fue una explosión fuerte. Un solo sopapo.

Creo que pudo haber sido un carro. Escucho a personas que se quejan y piden auxilio. Me acerco a un señor que está tirado en el piso y con sangre por todas partes. Yo no sé qué hacer. En las películas he visto que lo primero que hacen es poner presión en las heridas para evitar que siga saliendo. Me acerco, le agarro la mano y le pregunto que a dónde le duele. Él se pone la mano en el estómago, y sí, definitivamente, hay una herida grande de unos cinco centímetros, creo, nunca he sido buena para calcular medidas. Me quito mi chaleco, lo pongo sobre la herida y presiono.

Veo a mis guardaespaldas. Mario está llamando a la Central pidiendo refuerzos y ambulancias. Alcanzo a escuchar que él les dice que hay decenas de heridos que necesitan atención médica urgentemente. Mientras tanto, Juan Carlos está viendo para todos lados, seguramente tratando de averiguar si yo corro algún peligro.

—Juan Carlos, Juan Carlos, yo estoy a salvo. Vaya a ver si le puede ayudar a alguien más. No se quede ahí parado sin hacer nada. Hay gente que necesita ayuda.

—Licenciada, estoy aquí para cuidarla a usted. No me puedo mover.

Veo a mi alrededor y cada vez es más visible el impacto de esa bomba. Las decenas de personas ensangrentadas que gritan de dolor o desesperación, y algunos cuantos que están inmóviles. Por ellos no hay nada qué hacer.

—Mario, ¿qué le dijeron? ¿A cuánto tiempo están las ambulancias?

—Dicen que a cuatro minutos... me dijeron que a cuatro minutos, pero no sé... tenemos que irnos. No nos podemos quedar aquí.

—Óiganme bien los dos. Se los voy a decir tan sólo una vez. No me voy a ir hasta que lleguen las ambulancias, hasta que estas personas estén recibiendo ayuda que yo no les puedo dar.

Mejor vean si hay algo que ustedes puedan hacer por alguna de las personas, no tienen que irse lejos. Mario, vaya a ayudar a esa mujer que está tratando de pararse. Juan Carlos, venga para acá, póngale presión aquí a este señor. ¿Cómo se llama usted, caballero?

—Juan —dice apenas.

—Juan Carlos, ayúdele a Juan. ¡Agáchese! —le ordeno cuando veo que pone la mano sobre el hombre—. No deje de ponerle presión… Juan, escúcheme, falta un par de minutos para que vengan los paramédicos. No se me vaya, quédese aquí con nosotros.

Me levanto. Veo que Mario ya ayudó a una señora. Ella se ve desorientada, con rastros de sangre en la cara, pero no se le ve ninguna mutilación. A la par de esa señora, hay otra que tiene los ojos abiertos, pero está callada. Me le acerco y me dice que tiene frío. Veo hacia sus piernas y la pierna derecha tiene algo pesado encima, es posible que sean los restos de una puerta de un carro. Me agacho y le pregunto su nombre. Ella no me responde.

—Señora, yo me llamo Tati. ¿Cómo se llama usted?

Su mirada sigue un poco perdida. Le agarro la cara con mis manos y le digo que todo va a estar bien. Ella mueve la cabeza y me dice:

—Tengo frío…

Intento encontrar una forma de ayudarla mientras observo que está perdiendo una cantidad alarmante de sangre. No logro identificar con precisión de dónde proviene la herida, pero es evidente que no le queda mucho tiempo. Si no consigo detener la hemorragia de inmediato, su vida estará en peligro.

—¡Juan Carlos! —le grito.

Él corre a mi lado.

—¿En qué la ayudo?

—Tratemos de levantar esto, ayúdeme.

Al quitar el escombro, la sangre comienza a salir de su cuerpo con aún más fuerza.

—Deme su cincho —le ordeno a Juan Carlos.

Intento parar el sangrado poniéndoselo en el pedazo de pierna que aún está conectado al cuerpo, pero qué sé yo si lo estoy haciendo correctamente. Otra vez, lo único que sé es lo que he visto en la televisión. Mi entrenamiento como periodista no incluye primeros auxilios y mucho menos qué hacer en una situación de guerra. Sí, esto es como sacado de una escena de guerra. Pero no puedo ser indiferente. Escucho las sirenas de la ambulancia que se acercan y le afirmo a la señora que la ayuda está llegando.

En unos momentos tenemos a varios paramédicos tratando de evaluar a quiénes pueden salvar. Yo le grito a uno de ellos que venga a ayudarme. Parece que él me reconoce y corre a mi lado.

—Primera dama, ¿usted está bien? Usted tiene sangre por todas partes —me dice muy asustado. Me enoja que se enfoque en mí, yo no soy la que necesita ayuda. Trato de ser amable y en tono calmado le digo que estoy bien.

—Enfóquese en ella, por favor. ¡Rápido!

—Pero está llena de sangre —me dice.

—No es mía. Ayúdele a esta señora por favor — le digo haciéndome a un lado para dejarlo trabajar.

El camillero hace lo suyo. Yo me levanto y miro a mi alrededor para ver si hay alguien más a quien pueda ayudar. Siento que mi celular está vibrando en la bolsa derecha de mi pantalón. Lo saco. De lo primero que me doy cuenta es de que mis manos están pegajosas y se me hace difícil contestar porque la pantalla no responde a mis dedos llenos de sangre. Además, las manos me tiemblan. He podido mantener la calma, pero no puedo negar que estoy nerviosa al punto de que siento náuseas.

—¡Aló! —digo con voz fuerte —por lo menos en la voz no se me nota que estoy temblando.

—*Babe*, ¿estás bien? —me dice Darwin rápidamente y se le escucha exaltado.

—Sí, yo sí. Estábamos por incorporarnos a la marcha cuando hubo una explosión. Creo que fue un carro bomba... nosotros, Juan Carlos, Mario y yo, estábamos a una cuadra.

—¡¿A dónde estás?!

—Corrimos para tratar de ayudar a los heridos...

—Pero, qué hacés todavía ahí... necesitás... necesitás irte de ahí ahora mismo.

—No. Estoy ayudando a los heridos. Te contesté para decirte que estoy bien, pero no me pienso ir hasta que los heridos sean trasladados al hospital.

—Pero tenés que cuidarte. No podés estar ahí, qué tal si te atacan como a... como a... —se le quiebra la voz y opta por callarse.

—Como a Carla, querés decir. No creo que este ataque haya sido en mi contra. Yo estoy bien, además tengo aquí a los muchachos para que me cuiden. No te preocupés, no me va a pasar nada.

—Ya voy para allá. No te voy a dejar sola en una situación así —me dice sin titubear.

—Concuerdo en que tenés que venir. Vos sos el presidente del país. Tenés que estar aquí con tu gente. Venite para acá, y de aquí nos vamos al hospital juntos. No podemos dejar solos a nuestros heridos.

—Está bien. Ya voy en camino —me dice.

Los primeros heridos, los más graves, están siendo colocados en las ambulancias. Le pregunto a uno de los motoristas que a qué hospital los llevan. Me dice que él tiene instrucciones de llevarlos al Seguro Social, ubicado sobre la Alameda Juan Pablo II.

—¿A todos los van a llevar ahí? —le pregunto.

—No, doña. Escuché en la radio que otros van para el Rosales, y los menos graves, al ProFamilia.

Le doy las gracias. Juan Carlos y Mario ya están a la par mía.

—Darwin viene para acá. Quédense cerca de mí, pero ayudemos a las personas. Los heridos de gravedad ya están recibiendo ayuda de los socorristas. ¿Tenemos agua en el carro?

—Sí —dice Mario.

—Pues vaya, por favor, a traer las botellas que pueda, y Juan Carlos quédese conmigo.

Mario sale casi corriendo. Juan Carlos y yo nos acercamos a las personas que se ven confundidas.

—Véngase, siéntese en la acera un momento. Ya le vamos a dar agua —le digo a una señora que todavía tiene en sus manos los pedazos de una pancarta. Juan Carlos, vaya y traiga a cualquier persona que vea llorando o desorientada. Tráigalos para acá.

Él me ve con desconfianza.

—Le prometo que no me muevo de aquí. No se va a meter en problemas porque no me va a pasar nada.

Él mueve la cabeza de arriba abajo en señal de que concuerda conmigo o con lo que le estoy diciendo.

Cuando Darwin llega, unos minutos más tarde, los sobrevivientes que no están ensangrentados y los que no necesitan ayuda médica inmediata están sentados, tomando agua. Veo a mi amor, me levanto y con una sonrisa en la cara salgo corriendo a abrazarlo. Él me mira y hay terror en su rostro. ¿Por qué? ¡Es cierto, tengo sangre por todas partes! Seguramente, cree que estoy herida o algo así. Me apresuro a abrazarlo y siento que sus brazos tiemblan.

—Amor... yo estoy bien... te lo juro. Esta sangre no es mía. —No me dice nada, pero sé que está por llorar o tal vez, llorando... no estoy segura porque mi cara está en su pecho, y su abrazo es tan fuerte que no me deja mover la cara—. Estoy bien —le repito.

Escucho que su respiración se calma. Su agitación corporal disminuye. No me imagino qué habrá pensado cuando escuchó lo de la explosión. Después de lo que pasó con Carla y su pequeña Carmen, lo entiendo. Él está muy traumado, y nunca ha querido hablar del ametrallamiento de ambas frente al colegio. Y ahora yo, aquí, a una cuadra de una bomba en el Centro Histórico de San Salvador.

—Estoy bien. Amor, mirame... aquí estoy.

No deja de abrazarme. No sé cuánto tiempo pasa cuando al fin me deja mover la cara y puedo verle los ojos hinchados y la nariz roja.

—Tati, estaba tan asustado. No me contestabas el teléfono, y ninguno de los muchachos contestaban sus celulares. Yo pensé lo peor. Yo... recordé esa mañana cuando escuché sobre la balacera en la radio… jamás pude volver a hablar con Carla —al decir su nombre no pudo contener las lágrimas.

Estábamos tan inmersos en la conversación que no nos percatamos de que había un par de periodistas grabando con sus celulares. Me di cuenta hasta que uno de los guardaespaldas de Darwin empujó a una muchacha para evitar que siguiera grabando. Ella le gritó que le quitara las manos de encima. No la reconozco inmediatamente. Le doy un beso a Darwin en la mejilla y le digo que necesito un momento para arreglar la situación. Yo he estado de ese lado de la noticia y sé lo que se siente cuando un idiota trata de bloquear.

—Salvador, por favor, no la empuje. Ella solo está tratando de hacer su trabajo. —Veo a la muchacha, pero no la reconozco, por lo que le pregunto cómo se llama.

—Me llamo Denise —me dice la joven asustada.

—¿Y de qué medio es?

—De *Noticias Las 24 Horas* —dice visiblemente molesta.

Pasó de estar asustada a estar enojada en unos cuantos segundos. Esas son las peores porque guardan el resentimiento.

—¡Ah, de un medio electrónico! Pues, Denise, va a disculpar al caballero aquí presente. Él pensó que nos estaba protegiendo y por eso actúo de esa forma, pero usted no representa ninguna amenaza ni para el Presidente, ni para mí, ¿correcto?

—Amenaza... ¡yo! ¡ja! ¿Qué me ven con algún arma? —su tono es muy beligerante.

Ahí me doy cuenta de que ella trataría de darle un giro no favorable al encuentro con Darwin. Yo tengo que salvar el momento.

—Denise, si quiere una declaración en este momento, pues, pregunte.

Ella apunta su celular hacia mi cara y me pregunta:

—¿Sabe si este fue un atentado en su contra?

—No, no sabemos nada en este momento. Lo que ve aquí es todo lo que sabemos. Yo estaba llegando y al escuchar la explosión me acerqué para ver si podía ayudar. La noticia aquí es que hubo una explosión y hay muchos heridos. Si puede, dígale a su audiencia que no vengan por la zona de Catedral porque hay que asegurar que las calles estén disponibles para que las ambulancias puedan transportar a los heridos. Gracias por hacer su parte.

Al decir eso me doy la vuelta. Camino hacia Darwin, le agarro la mano y le digo que si tiene agua en su vehículo la saque para repartirla. Él concuerda. Ambos repartimos agua, y hay cámaras y celulares grabando nuestras acciones. Al cabo de unos minutos, Darwin me agarra de la mano y sin decir nada me lleva a su carro. Me abre la puerta y me hace señas con su mano para que me suba. Obviamente, no le importa que yo haya llegado en mi vehículo. Él no tiene intenciones de separarse de mí. Nos subimos en la parte trasera del vehículo y le ordena al motorista que nos vayamos a la casa.

—¿A la casa? Pero tenemos cosas qué hacer. Yo tengo una reunión en la estación de televisión y vos...

—No importa. Nada me importa en este momento. Todo puede esperar, mi prioridad sos vos y las niñas. Ellas han de estar preocupadas. Si Noemí y Alicia ya escucharon la noticia de la explosión en la Marcha de los Trabajadores, ¿te imaginás cómo han de estar? No, nada más importa.

No le digo nada. No hay nada más que decir. Lo abrazó. Estoy feliz de tenerlo a mi lado y saber que soy prioridad en su complicada y ocupada vida.

Esas niñas han sufrido tanto, ver el asesinato de su madre y su hermanita, e inmediatamente después separarse de su padre por dos meses. ¡Y mi amado Darwin! A veces siento que aún se culpa por esos asesinatos. Si tan solo hubiera hecho lo que el poder pedía de él en ese momento, pero cómo podía imaginar que le iban a matar a Carla por no doblegarse ante el expresidente. No había forma de saberlo.

Pero de todo eso malo, resultó nuestro reencuentro y ahora soy la mujer más feliz del mundo. Siento como si de alguna forma estábamos destinados a estar juntos. No tengo otra forma de explicarlo.

—Amor —me dice en voz baja cuando estamos a punto de llegar a la casa.

—¿Decime?

—Cuando lleguemos a la casa quiero que pasemos un rato con

las niñas, pero después tenemos que hablar sobre qué fue lo que pasó. Sobre lo que viste. Quiero que estés presente cuando le pida un reporte al jefe de la policía. Quiero tu punto de vista en todo momento. ¿Te parece?

Noemí y Catalina están viendo una película en la sala, y Alicia está con ellas viendo su celular. Al vernos entrar sale corriendo a abrazarme, pero al acercarse se da cuenta de que tengo sangre en la cara, en la ropa y hasta en las manos. No sabe qué decir y se congela frente a mí.

—Mi Alicia —le digo y me acerco a abrazarla, pero veo el terror en su rostro. El mismo terror que antes le vi a su padre. —Mi niña, yo estoy bien. Esta sangre no es mía.

—Sangre —dice Noemí y se para del sillón. Al verme, también se congela.

—Estoy bien. Esta sangre no es mía —les repito.

Catalina no tiene el mismo trauma que ellas, y corre a abrazarme. Yo les repito una y otra vez que estoy bien y que necesito un minuto para limpiarme y cambiarme la ropa. En lo que me dirijo a mi cuarto, Darwin les explica que hubo una explosión en el Centro de San Salvador. Me quito la blusa, y el pantalón ensangrentado, me recojo el pelo para lavarme la cara y los brazos. Me dirijo al closet, me pongo la primera camiseta que veo y jeans.

Cuando regreso a la sala, Alicia y Noemí están sentadas en el sofá grande, Darwin se ha sentado en el sillón y tiene a Catalina en las piernas. Cuando me siento al lado de las niñas, Catalina se para, camina hacia mí y se sienta sobre mis piernas.

—¡Mami! ¿Ayudaste a la gente como un superhéroe? Como... eeeh...

—Ay, Catalina, no te pongás a inventar —le dice Alicia despectivamente.

—Alicia, no seas así con tu hermana —la regaña Darwin con tono severo.

Alicia regresa a ser la adolescente de siempre. Esos pocos momentos de felicidad al verme pasaron tan rápidamente que ahora lamento no tener ni siquiera una herida para que cambiase su actitud.

—Lo que ustedes no entienden es que toda la atención la tiene Catalina porque es igualita a mi papi. Noemí es lo mismo. Ellas dos se parecen a él y yo nada. Yo me parezco a la familia de la difunta, y por eso nadie me quiere.

Darwin se me queda viendo. Por un instante no sabe qué responder. Por suerte yo sí:

—Alicia, vos te parecés a mí. ¿Qué no ves el parecido? Las dos tenemos el mismo color de pelo, la misma piel clara y las mismas ganas de comernos al mundo. Ninguna de las dos dejamos que nadie nos dé órdenes y sabemos lo que queremos. Aunque vos y Noemí me digan Tati, yo soy su mamá, desde que me casé con su papá.

Alicia agacha la mirada y se presiona las manos como no sabiendo qué hacer con ellas. Le paso a Catalina a Darwin para abrazar a Alicia.

—Mi amor, por favor, nunca te sientas menos que tus hermanas, porque no es así. Catalina necesita más atención porque está chiquita. Eso es todo. Para mí, vos sos mi hija y te parecés a mí.

Y es cierto, Alicia se parece más a mí físicamente que mi propia Catalina. O sea, que Carla se parecía a mí, o yo me parezco a ella... como que Darwin tiene un gusto muy parecido en mujeres.

IV. Tatiana

1:10 p.m.

Mi teléfono no ha parado de sonar. El de Darwin tampoco. Por diferentes razones, obviamente. A las únicas que les respondí fue a mi mamá y a mi asistente, María Elena. A ambas les dije que cuando las personas les llamaran les dijeran que todo está bien. Y es cierto. Todo está bien. Pero si vieran a Darwin parecería que no.

Todos esos malos recuerdos de los asesinatos de Carla y Carmen le han regresado. Lo han golpeado como una ola del mar que sale de la nada, y repentinamente estás sobre la arena, con las rodillas rojas y con los ojos cubiertos de agua salada. No sé qué decirle. Me quedo callada y me conformo con estar a su lado, mientras él habla con una y otra persona. En este momento, no sé ni con quién está hablando. Y me perdí. Estamos en la oficina de la casa, bueno, es realmente un pequeño estudio que lo adecué como un reducido escenario de televisión y que tiene un escritorio con la bandera de El Salvador atrás, fotos de nuestra familia como adornos y luces altas especiales que al encenderlas crean un ambiente de estudio de grabación. Por momentos se sienta conmigo en el sillón, a un lado de la habitación, y por ratos camina de un lado a otro girando órdenes.

Me encanta verlo. Como está tan ocupado, no se da cuenta de que lo observo. Me gusta ver su piel cálida, bronceada, su cuerpo definido, las camisas de vestir blancas le quedan tan bien. Es fácil ver sus hombros y brazos gruesos, sus pantalones entallados que muestran su cintura esbelta y esos labios... labios carnosos que no dudan en demostrarme aprecio... uf... lo encuentro tan atractivo. Y lo que más me atrae de él es su confianza y ese carisma que hace que toda la gente alrededor lo adore.

A veces me pongo a pensar que si no hubiera sido por ese terrible crimen que le costó la vida a su primera esposa, pues, simplemente ella estuviera aquí con él, y yo en la casa de mi mamá escribiendo noticias para el periódico, en lugar de ser la Primera Dama... "¡La Primera Dama!", exclamo en voz alta sin darme cuenta.

Darwin mueve su mirada hacia mí y le dice a la persona en el teléfono que le hablará al final de la tarde para que le dé una actualización. Darwin se sienta conmigo en el sillón, y me pregunta:

—¿Podemos hablar de lo sucedido? Quería darnos un espacio para bajar las emociones y poder hablar con calma.

No quise decirle que el espacio no estaba dirigido a mí, sino que era para él. Yo estoy bien, solo me siento mal cuando pienso en lo que hubiera significado para él perder una segunda esposa de una manera tan violenta.

—Sí, hablemos ¿Quieres que comience por el principio?

Le suena el teléfono nuevamente.

—¿Sabés qué? Te pido que nos vayamos al cuarto y que dejemos nuestros celulares aquí, en la oficina. Si no, no nos van a dejar platicar —le propongo.

Me da una sonrisa pícara y me dice que con gusto. Me agarra de la mano y me lleva a la habitación. Entramos y al cerrar la puerta del cuarto me comienza a besar y sus manos me sujetan fuertemente, con la misma pasión desde esa noche que encargamos a Catalina y que no había ningún compromiso entre los dos.

Diez minutos después estamos abrazados en la cama, bajo las sábanas y él me acaricia la espalda.

—Contáme todo desde el principio... lo último que yo sabía es que ibas a ir a la marcha para mostrar nuestro apoyo a los diferentes sindicatos que la organizan —me dice.

—La marcha estaba supuesta a comenzar su recorrido alrededor de las nueve o nueve y quince, ya sabés, esas cosas nunca comienzan a la hora, así que estaba segura de que no llegaría tarde. Sin embargo, me fui de la casa pasadas las nueve de la mañana. En lugar de irme al inicio de la marcha, nos estacionamos en Catedral, a una cuadra de la plaza Libertad, a donde yo iba a dar unas palabras. Llegar al centro nunca es fácil, aunque el tráfico está mejor, aún así no es fácil, y para cuando llegamos al estacionamiento, la marcha ya venía a una cuadra...

—¿Les avisaste que llegarías tarde? ¿Le dijiste a alguien que no estarías en toda la marcha?

—No, cuando vi la hora, le mandé un mensaje a uno de ellos diciéndole que los vería en la tarima del evento en la plaza Libertad.

—¿Tu presencia fue anunciada al público?

—¿Estás tratando de averiguar si fue un ataque en mi contra específicamente?

—Sí, tengo miedo de que haya personas que aún quieran hacernos daño.

—Creo que lo primero que tenemos que averiguar es ¿a quién pertenecía el vehículo que explotó? Si fue escogido al azar, o sea, si alguien llevó la bomba y la puso abajo o adentro del vehículo. También, ¿qué tipo de bomba era, si era casera o profesional? Alguien tuvo que haber visto algo. ¿Puedes poner a Rodolfo en el caso?

—¿Rodolfo? Sí, le voy a llamar al jefe de la policía.

—Rodolfo y su mejor amigo, Roberto, son los mejores para investigar.

—¡La mejor sos vos! —me dice dándome otro beso en los labios.

—¿Te molestaría si yo me comunico con ellos, y me uno a la investigación?

—¿Molestarme? ¿Por qué me molestaría?

— Por qué... —me quedo callada por un momento.

Él me ve a los ojos y me pregunta que si aún tengo algún tipo de sentimientos por Rodolfo, o dudas de nuestra relación. Dudas. Jamás.

—Dudas. No. No. Para nada, pero...

—¿Qué sucede?

—La última vez que lo vi fue hace dos años. No te dije nada para no preocuparte... —él me interrumpe.

—¿Qué pasó en esa reunión?

—No pasó nada, por supuesto que no pasó nada. Platicamos por unos minutos sobre vos y yo; lo mucho que te admira por vivir la vida sin miedos y decir lo que pensás, y me dijo que la Lucía había contratado un equipo especial para descubrir secretos de sus contrincantes o enemigos, pero eso fue hace dos años. No te dije nada porque después de investigar no encontré nada que valiera la pena informarte. Sinceramente, no creo que esta explosión tenga algo que ver con un grupo israelita especializado en encontrar secretos.

—Ja, ja... Yo no tengo secretos. Por ese lado no me pueden hacer nada, pero si se atrevió a contratar a un grupo especial, qué le impide contratar a otro grupo especial para poner una bomba o crear caos.

—Yo no creo que ella sea capaz de mandar a poner una bomba y matar a personas indiscriminadamente. Ella es muy refinada. Lo de crear caos, lo creo. Lo de averiguar secretos, también lo creo. Es más, ella sería capaz de mandar a hackear cuentas del gobierno, pero de eso a matar con bombas, pues no.

—¿Puedes llamarle a Rodolfo y pedirle que venga hoy? Lo más pronto que pueda. Yo le voy a llamar al jefe de la policía para informarle que desde ahora Rodolfo y Roberto están asignados a vos.

—Te tengo que decir algo... —me callo porque no sé cómo seguir, pero tengo que decírselo antes de que salga a la luz.

—Decíme, ¿qué sucede?

—Lo que te tengo que decir es complicado y delicado. Te pido que antes de juzgarme, recuerdes cómo era nuestra relación en esos días. Ese diciembre, cuando aún no éramos novios, ni nada. Solo éramos amigos, y que vos y yo tuvimos relaciones sexuales... yo... yo...

—¿Me querés decir que tuviste relaciones con Rodolfo? Si es eso, yo ya lo sabía. No fue sorpresa que te desapareciste cuando él regresó. Yo pensé que iban a volver, y que te habías arrepentido de pasar una noche conmigo. Yo estaba muy triste, pero cuando vi en enero que no estabas con él sabía que aún tenía una oportunidad y decidí tomarla.

No puedo evitar sonreír. Me levanto levemente de la cama, me le tiro encima del pecho y le digo:

—Todo este tiempo tenía miedo de lo que fueras a pensar de mí.

—Tati... vos y yo tuvimos una vida antes de estar juntos. Yo lo entiendo. Y yo no tenía derecho a exigir nada... ahora sí... vos sos mía y me aterra pensar que haya gente que te quiera hacer daño. Rodolfo es un buen hombre y sé que él hará lo posible por averiguar si hay alguien que nos quiere hacer mal... Vamos, tenemos mucho quehacer, pero, oíme, hoy, por lo menos hoy, no pensés en que vas a salir. Te quiero en la casa, por favor. Dejame que se me pase un poco el susto. Además, voy a pedir a Protección de Personalidades que nos manden otros dos guardaespaldas y que hagan un recorrido de seguridad en el vecindario. Estoy seguro de que los vecinos no se van a quejar después de ver las noticias de la bomba.

V. Tatiana

4:00 p. m.

Rodolfo tenía el día libre, pero cuando se enteró de la bomba en el Centro Histórico de San Salvador se fue a la escena del crimen sin necesidad de que alguien se lo pidiera. Así es él. Cuando le llamé alrededor de la una y media para pedirle que llegara a la casa, él me dijo que estaba recabando unas pruebas y que más tarde caía por aquí. Y así fue, son las cuatro de la tarde y uno de los guardaespaldas me avisa que hay dos técnicos de la policía en la sala.

Rodolfo y Roberto están sentados, cada uno en un sillón diferente y charlando como lo hacen los amigos.

—¡Hola! —les digo y me acerco a saludarlos como viejos amigos. Ambos se levantan y titubean, pero aceptan mi abrazo y beso en la mejilla.

—¿Qué? ¿Ya no me tienen confianza?

—¡Señora Primera Dama! —dice Roberto riéndose —por supuesto que es extraño que la Primera Dama me dé un abrazo. Yo creí que con suerte me iba a dar la mano.

Vuelvo a ver a Roberto y le pregunto:

—¿Para vos también es extraño que te salude con familiaridad?

Se tira una pequeña carcajada y dice:

—La última vez que te vi fue hace como dos años, no creía que éramos íntimos amigos, pero si vos así lo querés, por mí está bien.

Camino hacia uno de los sillones y me siento.

—Gracias a ambos... Les pedí que vinieran por la explosión en el centro.

—Ya nos avisaron de la central que estamos asignados a esta casa. Que este es nuestro nuevo precinto hasta nuevo aviso —dice Roberto.

—Sí, Darwin le pidió al jefe de la Policía que...

—¡Darwin! —me interrumpe y repite en voz baja Rodolfo.

—Sí, Darwin considera que si hay alguien que puede esclarecer este crimen son ustedes dos y yo, por supuesto. Así es que a partir de este momento, somos el Trío Fantástico.

—O los tres chiflados —dice Roberto y ambos se echan a reír.

Se me había olvidado lo fácil que era estar con ellos. Ayuda que Roberto es un payaso con entrenamiento especializado en pandillas, y que Rodolfo no se toma nada en serio.

Darwin entra a la sala cuando los tres nos estamos riendo. Se ve consternado por las carcajadas y todas las sonrisas en un día tan cargado de lágrimas, gritos, heridos y muertos.

—Buenas tarde —dice Darwin y se dirige a pararse a mi lado. Nos pide que nos sentemos y que platiquemos. Después de unos minutos en los que yo pongo al tanto a los dos investigadores de todo lo que viví y vi esta mañana, le pregunto a Roberto si él cree que pudieran ser las pandillas que aún sobreviven en algunas zonas de la capital.

—Fue una escena muy sangrienta, con una bomba tipo colombiana. Aún falta que regresen las pruebas de laboratorio, pero por lo que pude ver y oler, utilizaron acelerantes con sulfatos, nitritos y nitratos... Hay que esperar por el análisis completo, como les digo.

—Hasta ahorita, ¿ustedes dos tienen alguna hipótesis? —les pregunto.

Ambos mueven la cabeza de un lado a otro y se quedan callados por un momento.

—Pero pueden averiguar —dijo Darwin con un tono de desesperación.

—Sí, por supuesto —dice Rodolfo—. Darwin, danos unas horas. A mí, personalmente, no me gusta tener hipótesis antes de tener más datos o pruebas porque no quiero contaminar mi mente. Cuando se tiene una hipótesis se buscan pruebas para confirmarla. Yo no quiero confirmar nada antes de saber cuál es el camino correcto.

Darwin mueve la cabeza de arriba a abajo y dice:

—Sí, ustedes son los mejores. No tengo dudas. Muchísimas gracias por aceptar el caso, y estar aquí hoy. Por favor, mantengan al tanto a Tatiana.

Se levanta y dice que estará en el estudio por si lo necesitamos.

—Mirá, el presidente dijo que te mantuviéramos al tanto, Tatiana, no que nos ibas a ayudar —dice Rodolfo.

—A ver... intenten dejarme fuera de las investigaciones a ver qué tal les va! —les digo en tono de broma.

—Yo que vos, mejor me callara, Rodolfo —le dice Roberto.

—Y yo que vos, mejor me pusiera a averiguar de dónde pudieron haber obtenido los acelerantes.

CAPÍTULO 3

La segunda bomba

10 de mayo

I. Darwin

Casa Presidencial, 3 p. m.

Esta tarde estalló otra bomba. Es la segunda en menos de dos semanas. En esta ocasión cerca de un centro comercial en Apopa. Los informes preliminares hablan de cinco muertos y decenas de heridos. Estamos como en Colombia en la época de Pablo Escobar. Con la diferencia de que nadie se hace cargo. He mandado a llamar al ministro de Seguridad Pública y al ministro de Defensa.

—Señor ministro de Seguridad Pública —le digo tratando de mantener un tono neutral, pero si le llamo ministro, en lugar de decirle Gustavo, creo que es obvio que notará que estoy molesto.

—Dígame, señor presidente —me dice siguiendo con el tono normal.

A Gustavo lo conozco desde hace varios años. Él ha demostrado ser una persona muy capaz. No entiendo por qué me está fallando ahora que más lo necesito.

—Licenciado, por favor, me explica cómo es posible que haya explotado una segunda bomba, cuando tenemos el control de otras áreas de la zona metropolitana ¿Por qué Apopa aún no está bajo control de Seguridad Pública?

—En esa zona hay montañas. Los criminales que aún no hemos logrado capturar huyen hacia las partes rurales. Durante la guerra civil, esa misma zona, entre Apopa y Nejapa, nadie la podía controlar y por eso ha sido blanco de esta bomba.

—¿Pero por qué no?

—Señor presidente, qué tal si se viene a un operativo para que vea de lo que le estoy hablando.

—Sí. Vamos. Hoy. ¿A qué hora?

—Si quiere ver el terreno, hay que irnos en la próxima hora, para estar allá tipo cinco de la tarde, cuando aún hay luz del sol. Cuando caiga la noche, ya no podrá notar lo que le estoy señalando.

Yo no estuve aquí durante la guerra, pero he leído reportajes que hablan de las zonas que los militares no pudieron controlar, como Morazán y Nejapa. La topografía del lugar tiene mucho qué ver. Tengo curiosidad de ver el área en persona.

Tatiana entra a mi despacho sin anunciarse. Ella y Efrén son los únicos que pueden entrar y salir de mi oficina cuando les da la gana. Me gusta tanto verla con sus vestidos ajustados a la cintura. La forma en que camina me vuelve loco.

—Tati, entrá... Estamos hablando de un operativo policial que se va a llevar a cabo cuando caiga la noche en la zona donde explotó la bomba hace un rato.

—Por eso me vine a CaPres.

—¿Sabés algo?

—Rodolfo y Roberto ya están en la escena de la explosión y ¿qué creen? ¡Nadie vio nada! Ambos concuerdan que son las mismas personas de la primera bomba porque están utilizando los mismos acelerantes.

—Pero, ¿cómo saben que son los mismos acelerantes? Estoy seguro de que aún no se han hecho todas las pruebas de laboratorio —dice Gustavo.

Tatiana sin titubear agrega:

—Esos dos hombres son los mejores investigadores que tiene el país. Los dos han sido entrenados por los gringos y, además, les fascina su trabajo. Ninguno de ellos está ahí por la fortuna o la fama.

¡*Wow*! Cómo los defiende. Creo que tengo celos... No mucho, solo un poco. Ella los estima mucho y después de lo que tuvo con Rodolfo, pues... No. Esas son estupideces. Ella tiene razón, ambos son hombres buenos que una y otra vez demuestran que saben y que les importa el país.

—Me gustaría ir con ustedes —dice Tatiana mirándome.

—No sé si sea adecuado que vaya el Presidente y la Primera Dama... —dice Gustavo.

—Gustavo, pero cuál es el problema... ¿No crees que vamos a estar seguros? —pregunta Tatiana—.Yo creo que con todos los policías y militares que van a tener ahí, no habrá un lugar más seguro en todo El Salvador.

Ella es buena para argumentar. Quiero ver cómo los pone a temblar. No puedo evitar una leve sonrisa. La puerta del despacho se abre nuevamente. Ahora es Efrén quien entra sin anunciar. Él es el Asesor Técnico de la Presidencia. Pero como siempre, él hace lo que quiere. Desde la época de la oenegé, siempre llegaba y se iba a su antojo. Ahora no es diferente.

—Buenas tardes —dice en tono muy relajado —vengo a ver en qué ayudo. ¿Pa'que soy bueno, licenciados? Y usted, licenciada, venga y me da un beso, por favor —le dice a Tatiana.

Ella se dirige a la puerta y le da un beso en la mejilla.

—Nos vamos en una excursión a Apopa, ¿querés venir? —le dice

Tatiana en tono amigable.

Estos dos se han hecho buenos amigos. Me recuerda mucho a la relación que tenían Carla y Efrén, con la diferencia de que Tatiana es mucho más relajada.

Vuelvo a ver a Gustavo y no le ha caído en gracia el comentario de Tatiana, pero antes de oponerse nota que Efrén no tiene ganas de ir.

—Pues, mi querida Primera Dama, lamento informarle que este muñeco solo es de escaparate.

Tatiana no puede evitar tirarse una carcajada por las ocurrencias de Efrén. Mi amigo del alma siempre sale con cada cosa. Somos tan diferentes, pero su personalidad y la mía, en lugar de chocar, se complementan.

—¿Te puedo ayudar en algo, hermano? —me pregunta Efrén.

—Necesito que preparés el marco legal para todos los arrestos que vamos a hacer. Asegurate de que todos los jueces sigan las instrucciones de mantenerlos adentro hasta que Presidencia dé la orden.

—Uh…, hermano…, digo, señor Presidente…, no sé si te acordás de las clases de derecho civil que tomamos en la Universidad. Para que los jueces hagan lo que vos estás diciendo, tendríamos que cambiar el código de derecho penal.

Tati levanta la mano como si estuviéramos en una escuela. Los dos ministros, que están sentados en la sala que tiene mi despacho, se le quedan viendo a mi esposa. Yo sonrío ante la forma en que Efrén y Tati interactúan, tan diferente a la seriedad con la que yo siempre me conduzco. Yo no puedo darme el lujo de ser relajado. Tanto Tati como Efrén tienen el privilegio de ser y parecer de clase media alta, con su tez clara, la seguridad que dan años de educación en colegios privados y tener sirvientes alrededor, en lugar de ser tu madre la sirvienta.

—Yo tengo una idea —dice Tati.

—¿Ajá? —contesta Efrén.

—Qué tal si te preparás una orden presidencial temporal como un toque de queda o algo así, pero que no se oiga tan espantoso o tan preocupante. No queremos asustar a la gente, sino que se sientan protegidas. Algo como medidas temporales de protección o suspensión temporal de derechos. No sé, inventen un término que no dé miedo, pero que cumpla con los objetivos de capturar a sospechosos. En este momento tenemos que evitar que las bombas sigan explotando.

Tati tiene razón, pero veo desaprobación en las caras de los ministros. Francisco, quien hasta ahora ha estado callado a pesar que es el ministro de Defensa, mueve la cabeza de un lado a otro en señal de desaprobación.

—No podemos instalar un toque de queda porque no estamos en guerra —dice rápidamente. Ahora entiendo por qué ha estado callado, Francisco cree que los operativos son algo que le compete sólo a Seguridad Pública, o sea, a la policía, y que la cartera de Estado que él dirige no debería estar involucrada.

—Yo diría lo contrario —dice Efrén sin titubear—, nos están poniendo bombas en lugares concurridos, si eso no es guerra, entonces, ¿qué es?

Yo agrego:

—Son ataques terroristas, y a los terroristas hay que tratarlos con mano dura. Ya no quiero que explote ni una sola bomba más. La bomba de hoy tiene que ser la última. En este momento declaro Estado de Medidas de Reparo. Efrén, escribe, por favor, la justificación legal para instalar medidas excepcionales que comienzan hoy, y que son retroactivas para todos los capturados, y seguirá en operación por los siguientes treinta días.

—Sí, señor Presidente —me dice Efrén poniéndose la mano derecha en la frente y cuadrándose como si él fuera militar y yo su capitán.

Dirijo la mirada a los ministros y noto que no les gusta.

—¿Qué pasa? —les pregunto. —Hablen.

—Yo soy abogado... —me dice el ministro de Seguridad Pública y se queda callado.

—¿Ajá? —le respondo.

A muchos se les olvida que yo también soy abogado. Nunca he ejercido, pero soy Licenciado en Jurisprudencia y Ciencias Sociales.

—Para hacer una declaración de ese tipo, se necesita un decreto aprobado por la Asamblea Legislativa para girar la orden al tercer poder del Estado: el Órgano Judicial... El Presidente tiene el comando de las Fuerzas Armadas y de la Policía Nacional Civil, pero no puede decirle a los jueces qué hacer.

Efrén siempre ha encontrado la forma legal de hacer las cosas. Ahora veo en su cara que está pensando, él se pone la mano en la barbilla y me vuelve a ver:

—Yo me encargo. Tengo un par de ideas que pueden funcionar. Pero sí, creo que Gustavo tiene razón, y que necesitamos a la Asamblea... voy a hacer unas llamadas... ¡Vos! ¡Gustavo! Siempre fuiste bueno en la clase de gobernabilidad. Gracias. Y ahora me marcho a mi despacho para preparar el plan de nuestro Príncipe.

Efrén me acaba de llamar "príncipe". ¿Se refiere a "El Príncipe" de Maquiavelo? No es el momento para hablar de esto. No necesito testigos de nuestras conversaciones filosóficas.

◆ ◆ ◆

II. Darwin

5:30 p. m.

Estamos llegando a Apopa. Tatiana va a mi lado leyendo noticias en su celular. En cambio, yo no he tenido ni un momento de descanso desde que entramos a la Troncal del Norte. Aunque he venido hablando por teléfono, he notado que la gente en la calle se ve nerviosa y alterada. Los entiendo, yo también estoy alterado. Hay varias cosas que no me cuadran… Le digo a la persona al otro lado de la conversación que en este momento no tengo cabeza para pensar en tarifas e impuestos. Le prometo llamar mañana.

Tati me recuerda la opción de poner el celular en silencio o en modo avión.

—O si querés, dejá el celular en el carro. Al bajarnos no podés estar distraído y si te suena el teléfono sé que te vas a distraer. Nos pasa a todos —me explica.

—Lo voy a poner en modo avión, así no me van a caer ni notificaciones. Nada…

—Amor, ahorita me voy a poner la camisa de asesora de comunicaciones… Van a haber cámaras, no de noticieros, porque no le avisé a nadie, sino de nuestras cámaras del Canal 10 para que nos graben detalles. Vamos a tener dos cámaras. Esta es una buena oportunidad para producir material que nos sirva para promover lo que estamos haciendo para combatir esta ola de atentados terroristas. Le pedí a uno de los muchachos que se quede con nosotros grabándote a vos y a los jefes policiales; y el otro va a cubrir los arrestos y todo lo que suceda.

—Necesito tu opinión como la reportera que descubre delitos… necesito tu punto de vista no solo como productora de promos, sino como esa mujer que ató los cabos para encontrar a los asesinos de…

—Carla —me dice cuando me quedo callado.

—Sí, de Carla y Carmen —le afirmo.

—Amor, no tenés por qué callar sus nombres.

No quiero decirle que aún la amo. Amo a Tati, por su puesto, pero mi primer amor fue Carla, y siempre lo será... Ella, como leyendo la mente, me dice:

—Carla fue todo para vos por muchos años. Ella fue tu primer amor, y eso nadie lo va a cambiar. Pero no me hacés un favor a mí al callar su nombre. Es más, me hace sentir rara, como si estoy usurpando su lugar de esposa. Yo no le quité nada a nadie.

Se molestó. ¡Ay! Soy un idiota. Y lo peor es que no sé cómo arreglarlo.

—*Babe*... Tati... *please*... yo...

—Tranquilo, ¿qué sucede?

—No entiendo los motivos de estos ataques. Si logramos descifrar por qué, tal vez sería más fácil dar con quién o quiénes están detrás. De otra forma, estamos solo reaccionando y reaccionando mal.

—Si querés mi hipótesis... —se calla esperando mi respuesta.

—Sí, por favor. ¿Decime?

—Creo que hay alguna relación entre los jefes de las pandillas y los colombianos. Creo que tal vez hay algún conflicto de poder que no entendemos, y que la gente inocente, como siempre, es la que está siendo afectada.

—¿Rodolfo y Roberto comparten tu hipótesis?

—Roberto dice que esta no es una táctica de las pandillas en Estados Unidos, pero que ha visto comportamientos similares entre narcotraficantes en Suramérica.

—¿Y Rodolfo?

—Ese aún no se atreve a decir nada. Solo han pasado diez días, dale un poquito más de tiempo.

Siempre lo defiende. Me molesta su actitud con él, pero no digo nada. Es ridículo que me moleste. Rodolfo es un buen detective. Ella lo sabe. Yo lo sé.

—Hemos sufrido dos bombas en diez días, eso es bastante, especialmente en un territorio tan pequeño. Lo que me extraña es la falta de testigos —le digo para disimular mi ánimo.

—A mí no me extraña porque la gente tiene miedo.

—Cuando vos me ayudaste, pudimos encontrar testigos —le digo haciendo la observación de que funciono en el pasado. Ella toma una breve pausa y agrega.

—Sí, pero eran testigos que no querían hablar con las autoridades. Ahora nosotros somos las autoridades. Mirá, yo creo que necesitamos abrir una línea de información anónima. Donde la gente pueda reportar lo que vieron sin necesidad de que revelen su identidad.

Ella es brillante.

—¿Te podés hacer cargo?

—Sí.

—Mientras, voy a ordenar que la agencia de inteligencia prepare un reporte especial sobre lo que dice la gente en las redes sociales.

Minutos más tarde estamos en la plaza central, cerca del mercado de Apopa. Las calles son estrechas, y hay escombros por todas partes. Aún hay un poco de luz, pero la noche caerá en unos diez o quince minutos. Nos bajamos del vehículo y el jefe de la Policía ya está en la calle dando órdenes.

Cuando me ve, se me acerca, me da la bienvenida y dice que me quiere enseñar la zona montañosa antes de que la claridad del día se desvanezca por completo.

—¿Podemos utilizar su vehículo? —pregunta Josué mientras observa a su alrededor—. Quisiera ir en el suyo, junto al motorista, para poder orientarlo mejor. Ya le pedí a una de las patrullas que nos escolte para garantizar su seguridad. Y no se preocupe, no hay nada de que preocuparse. Estoy entrenado al más alto nivel y no voy a permitir que algo malo le ocurra a usted, presidente, ni a la primera dama.

Aunque a Josué no lo conozco de años, como a la mayoría de personas de confianza, viene muy bien recomendado de la embajada estadounidense. Cuando les pedí recomendaciones de personas honestas y bien entrenadas, porque hay que ser claros, los gringos son buenos en entrenar policías y militares, me dijeron que el licenciado Josué David Marroquín tiene entrenamiento del FBI en el área de administración y procesamiento de datos, y que tuvo uno de los mejores puntajes en tiro al blanco de toda la delegación de Latinoamérica que participó en el adiestramiento. Lo mejor es que no tiene ningún tipo de afiliación política. Él pertenece a las promociones de oficiales policiales con educación universitaria que no pudieron encontrar trabajo ejerciendo su profesión, y que optaron por entrar a la Academia de Seguridad Pública.

—Vamos, amor —le digo a Tatiana dándole la mano para ayudarle a subir al carro.

Una vez dentro del vehículo, Josué comienza a dar instrucciones al conductor. Partimos de Apopa en dirección a Nejapa, y, apenas transcurridos cinco minutos, Gustavo señala hacia unas montañas cubiertas por una vegetación densa y vibrante. Las copas de los árboles se entrelazan, creando una especie de techo verde que apenas deja entrever el terreno. Estas montañas, aunque no son imponentes en altura, tienen una apariencia irregular, como si fueran sierras desgastadas por el tiempo, con senderos que parecen perderse en el follaje. La topografía es intrincada y confusa, llena de rincones escondidos y caminos estrechos. No me sorprende que alguien familiarizado con el área pudiera desaparecer fácilmente entre esa maraña de árboles, raíces y rocas. Encontrar a una persona aquí sería como buscar una aguja en un pajar.

—Gustavo, muchas gracias por traernos. Entiendo lo que me decía que yo tenía que ver el área con mis propios ojos. Ahora dígame, ¿Qué podemos hacer? ¿Qué nos recomienda?

Gustavo se toma un momento, respira hondo y responde:

—Arrestemos a cualquiera que tenga tatuajes de mareros. Arrestemos a cualquiera que use pantalones flojos y haga señales con las manos. Creo que aunque no identifiquemos inmediatamente a los culpables, vamos a liberar a la gente de los criminales que andan sueltos. Los gringos a esto le llaman establecer un perfil de los posibles culpables. La verdad es que funciona, pero tiene que saber que tendremos mucha oposición.

—Si camina como pato, se mueve como pato y dice "cua, cua" es un pato —le digo como señal de que entiendo lo que me está diciendo.

Tati mueve la cabeza de un lado a otro y dice:

—Eso que ustedes están diciendo es peligroso porque seguramente no se podrá comprobar que están directamente ligados a las bombas, pero en este momento estamos desesperados. No podemos permitir que detonen otras bombas ni que más personas mueran. Gustavo, ¿cuántas personas murieron en el ataque de hoy?

—Siete, y hay más de cien heridos.

No hay necesidad de bajarse en la carretera de Nejapa. Nos damos la vuelta para regresar al operativo. La oscuridad de la noche ya está encima, sin embargo, la plaza está alumbrada. No hay nadie en la calle.

—¿Cuáles son las indicaciones para sus hombres, Josué? —le pregunto al jefe de la policía.

—Vamos ir cuadra por cuadra deteniendo a los sospechosos.

—¿Y a dónde los van a llevar? —pregunta Tatiana.

—A las instalaciones de un cuartel que está a unos kilómetros de aquí —dice Gustavo.

—No —le digo inmediatamente —llévenlos a otra parte del país, tal vez a la base aérea en Ilopango o el cuartel en Cabañas. No los quiero cerca porque no quiero que tengan contactos con nadie que puedan conocer. Por nada del mundo hay que permitir que den órdenes desde las cárceles. Hay que evitar que tomen represalias.

—Por supuesto, Presidente —concuerda Josué.

Nos bajamos del vehículo. Tati y yo nos ponemos chalecos antibalas. Le digo a uno de los guardaespaldas que me traigan un casco pequeño. Él me trae dos. Uno pequeño y el otro un poco más grande. Le pido que le ponga el más pequeño a ella. Mientras que yo me coloco el otro.

—¿No creés que es un poco exagerado ponerse casco? —me pregunta.

—Mirá a tu alrededor. Todos llevan casco porque no sabemos lo que vamos a encontrar.

Le hago señas a Gustavo para que venga. Él está a casi una cuadra gritando órdenes a su gente. Tati está un poco distraída como buscando a alguien.

—Buscás a tus amigos, ¿verdad?

—Sí, pero no los veo... tal vez ya se fueron. Ya es tarde. Ellos seguramente estuvieron recolectando pruebas.

—Gustavo, sabe si los policías, Rodolfo y Roberto, aún andan por aquí.

—¿Se refiere a los dos técnicos investigadores asignados a doña Tatiana? ¿Correcto?

—Sí —responde Tatiana.

—No. Todo el personal que no es de ofensiva fue desalojado hace media hora. Ellos no tienen este tipo de entrenamiento de búsqueda y ataque.

—Tiene sentido —dice Tatiana.

Hay melancolía en su mirada, o será que estoy leyendo más de la cuenta. No soy un hombre celoso ni inseguro, normalmente, pero entiendo por qué Tatiana se sentía atraída a Rodolfo. No hay tiempo para sobreanalizar esta situación.

Todos los agentes del operativo visten uniformes oscuros y tienen armas en las manos. Se desplazan por las calles. Están muy seguros de sí mismos y de la misión. Eso me tranquiliza.

Nosotros esperamos a que el grupo de avanzada haga su trabajo. Esperamos cerca del carro a que la zona sea "rescatada". Ese es el término que Seguridad Pública y la PNC están utilizando en los diferentes operativos del país. Queremos rescatar a las personas del yugo de estos terroristas que siguen cobrando extorsiones. No sé quiénes son los que se han dado a la tarea de poner bombas, pero cada problema representa una oportunidad. En este caso, la oportunidad es rescatar las zonas que aún estaban siendo afectadas por las pandillas y sus crímenes.

Tatiana me agarra la mano y respira hondo.

—¿*Babe*, estás cansada?

—No, estoy emocionada de estar aquí. Con vos. Estamos haciendo historia.

Ricardo se comunica por radio con nuestros guardaespaldas para decirles que podemos comenzar a caminar. Al llegar a la entrada de uno de los pasajes de la zona, hay varios hombres sin camisas y con tatuajes por todo el cuerpo. Al verlos me atacan imágenes de mi vida como pandillero en Los Ángeles. Me presionaban para que me tatuara las iniciales "MS", tuve que acceder a un tatuaje pequeño en el hombro. Les dije que le tenía fobia a las agujas. Por ningún motivo iba a permitir que mi madre me viera el tatuaje. Apenas pude me lo quité. Carla encontró un centro estético en la colonia Escalón que se especializaba en tratamiento láser. Ella fue conmigo. Las miradas acusatorias fueron apaciguadas cuando ella explicó que fue una rebeldía de adolescente. Con Carla a mi lado, nadie de ese mundo social me hacía mala cara. Por lo menos no enfrente de ella.

—Mi hijo no es un criminal. No me lo maltraten... regrésenmelo... ingratos —gritaba una señora desde la puerta de su casa. Ninguno de los policías le respondía. No había nada que responder. Es obvio que es un pandillero. Y los pandilleros son delincuentes que amenazan, extorsionan, roban y matan.

Una mujer joven me ve y trata de correr hacia mí cuando es interceptada por un guardaespaldas.

—Don Darwin, por favor, esto es injusto. Mi marido no ha hecho nada. Él no es responsable de la bomba de hoy. Es más, él hasta se fue a ayudar a los heridos. Algunos de los heridos eran amigos de nosotros. ¡Nosotros somos las víctimas!

Tatiana le hace de señas al camarógrafo que no grabe a la señora, sino que se enfoque en la piel tatuada de los detenidos, y en las cadenas de oro de algunos de ellos. Ella da indicaciones al otro camarógrafo para que tome video en el momento en que Ricardo nos dé el informe del operativo y mientras caminemos frente a los detenidos que están de rodillas en el cemento del pasillo del pasaje. Algunos niños observaban con aprehensión a los agentes policiales. Al verme sonríen y me saludan con las manitas. Tatiana se asegura de filmarlo todo.

Me acerco a un grupo de policías para agradecerles su valentía y por proteger la seguridad de la población.

CAPÍTULO 4

12 de mayo

Darwin

3 p. m.

Entro al salón de juntas. Hay alrededor de veinte jóvenes de diferentes comunidades pobres que han sido identificados por los directores de sus escuelas como "agentes de paz". Ellos admiran las instalaciones, algunos se toman selfis. Este salón es el más imponente de Casa Presidencial, pero para ellos ha de parecer aún más, porque vienen de tan poco.

Observan todo a su alrededor: la bandera nacional, los cuadros de presidentes pasados, cada uno con su banda, y con una placa que indica el nombre y los años que abarcó su período presidencial.

Cuando me ven, se callan. Algunos están de pie y los que están sentados se paran inmediatamente. Les digo con una sonrisa que pueden sentarse. Tomo mi lugar a la cabeza de la mesa de juntas que tiene espacio para veinte personas, normalmente lo ocupo para las juntas de gabinete. Los jóvenes que no logran asiento en la mesa, ocupan las sillas colocadas al ras de la pared.

Para esta cita, le he pedido a Efrén, a la ministra de Educación y al director de la PNC que me acompañen. Pero en el salón, solo están los jóvenes. Le indico a mi asistente que les diga a

Efrén y a los otros funcionarios que vengan al salón de juntas inmediatamente. Además, le digo que llame al encargado de protocolo para que traiga unas gaseosas, agua y quesadillas para compartir.

En lo que llegan mis funcionarios, me dirijo a ellos y les pregunto sus nombres y de dónde vienen. No voy a recordarlos a todos, pero me dará una idea de quién es quién. Ellos se presentan uno por uno.

—Muchísimas gracias por estar aquí hoy. Les pedí que vinieran porque quiero agradecerles en persona todo lo que están haciendo por nuestro país. Ustedes son nuestros ojos y nuestros oídos en sus comunidades. Estoy seguro de que con su colaboración vamos a encontrar a esos criminales responsables de las bombas que tanto daño nos han hecho.

Uno de los jóvenes, sentado a dos sillas de mí a mi derecha, comienza a aplaudir y los demás lo siguen. Ese joven puede ser clave. ¿Cómo dijo que se llama? Ah, sí, Germán.

—Es importante también que ustedes sepan que todo lo que estamos haciendo es para heredarles a ustedes, nuestros jóvenes, un país mejor.

Germán vuelve a aplaudir y los demás lo acompañan. En ese momento entran Efrén, Josué y Zoila. Les digo que pasen y que tomen asiento. Efrén me da una mirada como diciendo "qué hago aquí".

Me tomo un momento para presentarlos:

—Mis estimados jóvenes patriotas, les presento a su ministra de Educación, licenciada Zoila de Ramírez; al director de la PNC, licenciado Josué Daniel Marroquín, y al asesor legal de Casa Presidencial, licenciado Efrén Meza. Ahora que estamos todos juntos, quiero que hablemos sobre los próximos cinco años. Todos ustedes tienen entre 14 y 16 años. Están en diferentes grados de bachillerato, y gracias a que hemos podido institucionalizar los programas de creatividad, deportes y ciencias después de clases, para ayudarlos a encontrar su camino, ahora llegamos al nivel dos. Señor director de la Policía, quiero que busque la manera de que quienes se enlisten para ser voluntarios de la policía, puedan unirse a la fuerza policial. Por su puesto que sería en calidad de aprendiz. Sin sueldo, pero les daríamos un uniforme que los identifique como voluntarios. No cargarían armas de fuego. Su objetivo principal es convertirse en nuestros ojos y oídos, tanto en sus comunidades como en sus escuelas. —Ahora vuelvo la mirada a Zoila—. Usted, señora ministra, nos ayudará brindando refrigerios en las escuelas para que nuestros voluntarios puedan cumplir con sus horas de servicio comunitario de la mejor manera posible.

Germán se levanta de su silla y comienza a aplaudir nuevamente. El salón se llena de aplausos, sonrisas y jóvenes diciendo que "sí" y "buena idea". Cuando terminan los aplausos se vuelven a sentar.

Uno de ellos levanta la mano para pedir la palabra:

—Señor Presidente Darwin, estamos aquí para reiterar nuestro apoyo incondicional. Queremos ver a nuestro país florecer y crecer bajo su liderazgo. Queremos decirle que admiramos todo lo que ha hecho por nosotros y nuestro país. En el pasaje de mi colonia, en Soyapango, hay niños jugando en la calle, algo que hace unos meses era impensable. Los que venden pan en las calles ya no tienen miedo ni tienen que pagar "la renta", y eso lo sé porque mi hermano es uno de esos que tenía que pagar dos dólares cada día para poder repartir pan.

Otro joven pide la palabra y agrega que será un placer ser voluntario de la Policía.

Germán también levanta la mano y dice:

—Señor Presidente, estamos comprometidos con la paz y el progreso. Hemos decidido trabajar de cerca con su administración para asegurar que nuestro país avance en la dirección correcta... Yo... yo, en lo personal, quiero decirle que estoy muy contento de que usted será nuestro presidente por otros cinco años más. Yo aún no puedo votar, pero toda mi familia y todas las personas en mi comunidad admiran lo que usted ha logrado en tan poco tiempo, y todos, toditos van a votar por usted... Van a votar por otros cinco años, y quien quita diez o veinte años más.

Los aplausos comienzan otra vez.

Este grupo de jóvenes representa a los estudiantes de las escuelas públicas del país. Estos "Jóvenes Visionarios Unidos" podrán votar en dos o cuatro años. Este pequeño ejército de jóvenes, que han podido ver el cambio en el país en tan poco tiempo, saben que podemos construir una sociedad aún mejor.

Efrén se levanta de su asiento y sin decir ni una sola palabra sale del salón. No me gusta su actitud. Tendré que hablar con él. Los aplausos aún retumban fuerte.

—Aprecio su compromiso. Pero también quiero ser honesto. Hay desafíos que enfrentamos como nación, y algunas decisiones que he tomado pueden parecer drásticas. Necesito que confíen en mí, incluso cuando las decisiones son difíciles o controversiales.

Los jóvenes intercambian miradas, demostrando su determinación de respaldar a su presidente en cualquier situación.

Uno de los jóvenes dice:

—Presidente, entendemos que las decisiones difíciles son necesarias para mantener la paz y la estabilidad. Puede contar con nosotros. Estamos dispuestos a respaldar, no sólo en la resolución de crisis como la reciente, sino también en su visión para el futuro del país. En las comunidades la gente habla sin parar sobre cómo usted ha logrado limpiar el país en tan poco tiempo. Todos los vecinos en Mejicanos le estamos muy agradecidos y lo apoyamos.

Yo sonrío, me tomo una breve pausa para enfatizar y agrego:

—Su apoyo significa mucho para mí y para la nación. Trabajaremos juntos para construir un país donde todos los ciudadanos tengan oportunidades y vivan en armonía.

La reunión continúa con una discusión breve y general sobre los planes futuros y la colaboración entre el gobierno y "Jóvenes Visionarios Unidos". Tanto la ministra como Josué parecen estar de acuerdo con todo. Ambos mueven sus cabezas de arriba a abajo indicando concordancia.

El salón de juntas se llena con la esperanza de un futuro mejor. Futuro en donde alguno de estos jóvenes, posiblemente, liderará al país en unos veinte o treinta años. Podré dejar al país en buenas manos... Entonces, podré retirarme tranquilamente.

CAPÍTULO 5

¿Casarse por la iglesia?

2 de junio

Darwin

6 a. m.

Estoy en la ducha cuando escucho la alarma de Tatiana. Termino de bañarme. Regreso a la habitación y ella sigue en la misma posición en que la dejé. Es tan bella con su cabello despeinado y ese olor a flores con un tono amargo que me vuelven loco. Me le tiro encima para darle un beso en el cuello. Respiro su aroma. Es una fragancia intoxicadora de la que siempre quiero más. Ella sonríe suavemente y trata de empujarme, pero no me logra mover.

—¡Buenos días! —le digo.

—¡Buenos días le dé Dios, se dice —responde con una sonrisa.

Los dos nos echamos a reír por su invocación a Dios. Yo no soy religioso. Tampoco ella. Nunca he visto que vaya a la iglesia o que siga ningún ritual católico o cristiano. Ni siquiera sé cuál es su opinión de las religiones. En estos años, el tema de la religión ha sido punto de conversación.

—*Babe*, ¿por qué nunca me has pedido que nos casemos por la iglesia?

—Te respondo si te quitas de encima —me dice sonriendo. Y yo

55

me paso a mi lado de la cama.

Ella dice que aunque fue bautizada y estudió en colegio católico, nunca le pareció la forma en que la Iglesia católica, y las religiones en general, tratan a las mujeres.

—Es como si por ser mujer estamos en una posición inferior a los hombres. Y eso yo no lo paso... Vos tampoco me has pedido que nos casemos por la iglesia, aunque vi una foto de tu boda con Carla afuera de una iglesia.

—Carla se quería casar por la iglesia católica, y yo le iba a dar todo lo que me pidiera. Ella quería una ceremonia tradicional frente a todos. Yo no podía negarme. También fue una forma de ganarme a su madre, quien iba a misa todos los días. Vos nunca me has pedido nada de ese tipo, pero si quisieras, pues también me casaría por la iglesia con vos. Tati, *babe*, yo soy muy afortunado. Estoy consciente de mi buena suerte.

Ella respira hondo y trata de levantarse, pero yo no la dejo. Me le tiro encima nuevamente. Ella sonríe y no pone resistencia a mis besos y mis caricias.

—Amor —me dice—, estoy disfrutando mucho nuestra sesión matutina, pero tengo que ir al baño.

Me muevo a mi lado de la cama para que se levante. Ella me da otro beso, me acaricia la cara y se levanta. Disfruto verla correr al baño. Estoy completamente enamorado. Un momento después la escucho vomitar.

CAPÍTULO 6

¿Hacer lo correcto o lo prohibido?

28 de julio.

I. Tatiana

6 a. m.

La alarma suena. Abro los ojos. Me muevo levemente para apagarla y regresa el dolor. Desde hace unos días, tengo un dolor intermitente en el vientre. Tengo miedo de que sea algo grave. Este embarazo a mi edad es peligroso. Darwin se voltea para abrazarme. Estoy sorprendida de que todavía esté en la cama. En las últimas semanas, él ha estado tan ocupado que cuando me despierto ya se bañó y está en su despacho de la casa.

—Buenos días —me dice.

—Buenos días, amor.

—No te tengo que preguntar cómo dormiste porque sé que no te sentías bien, te quejaste varias veces, yo estaba adormitado pero te escuché. Esperé que en algún momento me dijeras que querías ir al hospital. Deberías llamar a tu ginecóloga hoy. Necesitás ir hoy.

—El dolor no es constante y sigo pensando que ya se me va a pasar, de todas formas en dos días me toca la cita mensual... por cierto, ¿vas a ir conmigo?

—No me lo perdería por nada, pero creo que tenés que ir hoy. No

57

esperés otros dos días con dolor. Me da miedo.

Se me acerca y me comienza a besar la nuca, pero se detiene bruscamente y agrega:

—Me da tanto miedo tu dolor que no puedo relajarme.

En ese momento me doy cuenta de que Darwin está realmente preocupado, si no quiere tener sexo, es porque teme por mi bienestar.

—Está bien. Voy a llamar a la clínica hoy en la mañana —le digo.

—Avisame a qué hora para ir con vos. Me voy a quedar a trabajar en la casa. ¡Ja! ¡Eso es lo bueno de ser jefe! Le voy a decir a Elizabeth que me pase todas las llamadas importantes a mi celular y que cancele unas citas, que la verdad, ni las quería en mi agenda. Por cierto, qué es lo más reciente sobre la investigación de las bombas. ¿Hay algo nuevo?

—Hoy había quedado de reunirme con Rodolfo y Roberto en su laboratorio al final de la tarde. Ayer me llamaron para decirme que habían identificado en una zona de Ayutuxtepeque, un taller de mecánica que había comprado al por mayor algunos de los acelerantes utilizados para las bombas, pero que antes de espantarlos con una orden judicial o de enviar a elementos de la Policía, quieren asegurarse de que comprenden quién es quién. Por eso lo tienen bajo vigilancia.

—Ellos sí que son buenos. Piensan como el FBI, más que como policías.

—Bueno, acordate que debido al entrenamiento del FBI, Rodolfo me cortó, y cuando regresó, yo ya estaba perdidamente enamorada de mi ahora esposo —le digo con una gran sonrisa. Me regresa la sonrisa y me dice:

—¡Qué tonto! Dejarte a vos. —Se acerca para besarme y agrega—: Debería de mandarle una carta de agradecimiento a la embajada estadounidense. Ese entrenamiento me dio a mi esposa y al mejor agente estratega de investigaciones criminales que tiene el país.

Se levanta y se va al baño. Y yo aún en la cama sin poder moverme.

◆ ◆ ◆

II. Tatiana

9:35 a. m.

Darwin y yo vamos en camino a la clínica de mi doctora. No está lejos. Está a tan solo un par de kilómetros, cerca del paso a desnivel de la Gran Vía, pero gracias a las miles de vueltas que hay que dar para evitar cruces a la izquierda, toma más de veinte minutos llegar. El tráfico ha mejorado, pero debido a que muchos no respetan el derecho vial de los demás conductores y se creen "más vivos" al actuar agresiva o abusivamente, aún tenemos que dar vueltas en círculos para llegar a nuestro destino. Algún día voy a crear una campaña de educación vial, cuando las necesidades inmediatas ya no sean la criminalidad y el derecho a la vida.

—*Babe*, disculpá. No te quiero ignorar, pero tengo que terminar este correo electrónico.

—No te preocupés. Yo estoy bien y te entiendo. Terminá antes de que lleguemos.

La Michelle me dijo que me podía ver alrededor de las nueve cuarenta y cinco y si por algún motivo llegamos después de las diez de la mañana, dijo que vamos a tener que reagendar la cita para la tarde. Le agradezco que está dispuesta a verme tan rápidamente.

La sala de espera de la clínica es un lugar amplio. Las paredes tienen tonos suaves de blanco y rosa pálido, buscando transmitir una sensación de feminidad y calma, aunque no disfraza por completo la ansiedad palpable en las mujeres que esperan ahí, sentadas. Al ver a los dos guardaespaldas de Darwin las señoras miran para todas partes tratando de descifrar qué sucede, qué hacen ahí esos hombres con hombros y brazos anchos. Miran a Darwin y después a mí. El rostro de una de ella cambia y hay una leve sonrisa, mientras que la otra me mira, y me ve al estómago. Darwin dice "buenos días" en voz alta con tono amable. Ambas responden con un "buenos días" casi al unísono y se callan nuevamente. Hay tensión en el aire. Estoy segura de que no es mi imaginación. Hay tanto silencio en la sala de espera que se escucha el filtro de la pecera. Yo sé el motivo por el cual yo estoy nerviosa, pero ellas por qué lo estarán.

Darwin y yo nos acercamos a la ventanilla de la recepcionista. María reconoce a Darwin inmediatamente y le sonríe.

—Señor presidente, señora primera dama, denme un momento.

Se levanta de su escritorio, y nos abre la puerta que la separa a ella y al área médica, de la sala de espera. Darwin le dice a sus guardaespaldas que se regresen al vehículo y que esperen su llamada. Entramos a la zona restringida, y frente a nosotros hay un pasillo estrecho con varias puertas a ambos lados. Ella abre la habitación que tiene el número cuatro. Nos pide que entremos y me dice que me ponga la bata que está sobre la camilla.

—La doctora estará aquí en dos o tres minutos —agrega.

La habitación tiene una camilla cubierta con sábanas blancas y encima está la tradicional bata de hospital. A un lado, hay un banco pequeño de madera. Siempre me ha gustado la iluminación de esta clínica, la lámpara en el techo arroja una luz amable sobre cada rincón de la habitación, pero sin ser intrusiva.

A un lado de la camilla hay un monitor, y dos sillas colocadas estratégicamente. En una esquina hay un lavamanos de acero inoxidable y una cortina de tela que podría darle un toque de privacidad aún mayor entre la camilla y las sillas. Y en las paredes no podían faltar imágenes del sistema reproductor femenino.

Me quito mi vestido floreado que aún muestra mi cintura, y me pongo la bata blanca. Darwin se sienta. Lo veo preocupado y yo también estoy preocupada, así es que no hay forma de que yo pueda consolarlo o decirle que todo va a estar bien, porque no sé.

La Michelle toca la puerta y ambos le decimos al mismo tiempo que pase.

—Tati... Oh... , señor presidente. Buenos días a ambos.

—Buenos días, doctora —dice Darwin.

—Buenos días. Gracias, Michelle, por hacernos un espacio esta mañana —le digo.

—Hola, Tati —me dice y se acerca a darme un beso. Parece que con ella no pasan los años. Se ve como la misma Michelle con la que fui al colegio.

—Cuando me mandaste el mensaje de texto esta mañana, supe que tendría que ser algo serio porque si no te hubieras esperado hasta la cita de control mensual. Quiero ver, según tu hoja de control, estamos en la semana número trece. Decime, ¿qué sucede?

—Tengo dolores intermitentes en la zona del vientre, y un poquito de sangrado. Más bien, son como gotas que solo manchan, pero no es que haya sangre.

—Si hay gotas, hay sangrado interno. Se puede deber a varios factores... Veamos que sucede. Acostate, por favor.

Me pone el aparato del sonograma en el abdomen y presiona. Esa pequeña presión me hace gritar levemente. Ella no deja ver ninguna emoción en su rostro. Darwin se levanta para sujetarme la mano.

Ella sigue moviendo el aparato y tratando de agarrar una imagen clara en la pantalla. Toma unas fotos y me dice que me vista.

—Cuando estén listos pasen a mi oficina. Tati, vos ya sabés a dónde está, aquí al final del pasillo.

—Sí.

Me visto rápidamente. Le agarro la mano a Darwin y caminamos en silencio a la oficina. Algo malo sucede y necesitamos estar sentados para que nos dé la noticia.

—Tati y señor Darwin…

—Me puede llamar solo Darwin.

—Está bien. Tati y Darwin, se enfrentan a un embarazo ectópico. Es una condición delicada y potencialmente peligrosa en la que el óvulo fertilizado se implanta fuera del útero, por lo general en las trompas de Falopio. Este fenómeno, aunque raro, puede tener consecuencias graves para la salud de la mujer. Me imagino que la intensidad del dolor ha aumentado en los últimos días. A medida que el embrión crece en un entorno no apto, puede llegar un punto en el que se presentan síntomas más graves, como mareos, debilidad, y en casos extremos, desmayos, indicando una hemorragia interna. Tratar un embarazo ectópico es crucial para evitar complicaciones graves, como la ruptura de la trompa de Falopio, que puede resultar en hemorragia interna y poner en peligro la vida. —Ella se detiene en su explicación y nos ve antes de agregar—: En otros países, el tratamiento implica medicamentos para detener el crecimiento del embrión y cirugía para extirpar el tejido ectópico, cuando es necesario. En otros países hay libertad para tratar este tipo de condiciones médicas y evitar que la vida de la mujer corra peligro. En otros países… —Ella se vuelve a callar y agrega que ella no me puede dar el tratamiento que necesito.

Darwin respira hondo y sostiene la respiración sin decir una palabra.

¡Yo no sé qué decir! Lo que quiero hacer es llorar y gritar. Hay muchas mujeres en prisión por intentos de abortos o porque tuvieron abortos espontáneos después de alguna complicación médica. Esos casos están bien documentados.

Después de un instante más de silencio, Darwin pregunta:

—El óvulo fecundado está fuera de lugar, ¿y no hay forma de que baje de las trompas a donde tiene que estar?

—El embarazo ya tiene más de doce semanas. Tiene trece semanas para ser exactos... No, ya no lo hará. Necesitaría un milagro para que lo haga en las próximas dos o tres semanas. El problema es que si esperan y no se mueve de las trompas de Falopio, Tati va a necesitar una histerectomía. Con esa cirugía, perderá definitivamente la posibilidad de volver a quedar embarazada. Yo no recomiendo que esperen. Si podrían viajar hoy mismo a un país en donde le puedan dar el tratamiento adecuado, sería mejor.

Me vuelvo hacia Darwin. Él presiona sus labios y frunce la frente. Me ve y dice:

—Tu salud es lo principal. Doctora, qué necesitaría para tratarla aquí, en la clínica.

—No. No puedo. Si alguien me llega a denunciar, perdería mi licencia para practicar medicina y posiblemente terminaría en la cárcel, al igual que Tati. Además, esos medicamentos están prohibidos aquí, pero...

—¿Pero? —pregunta Darwin.

—La forma más fácil de tener un aborto en el primer trimestre es utilizar la combinación de dos medicamentos, la mifepristona y el misoprostol. El primero se encuentra en algunos anticonceptivos que tiene como objetivo bloquear la hormona progesterona que el cuerpo necesita para el embarazo. He leído que se recomiendan 300 miligramos, lo cual es una cantidad grande, y entre 24 a 48 horas después se toma el misoprostol, que es un medicamento contra las úlceras gástricas. En realidad, así fue como se descubrió que servía para abortar, cuando en la década de los ochenta, algunas mujeres comenzaron a tener abortos espontáneos. A tan solo unas horas después de tomarlo, se rompe el revestimiento de la matriz. Esto causa dolor, sangrado y el útero se vacía por sí solo, pero OJO, solo funciona en el primer trimestre y Tati está por entrar al segundo trimestre. Después de eso necesitará el tratamiento tradicional de cirugía para remover el embrión.

—Tati, tenemos que actuar ahora mismo... Doctora, por favor, ¿cómo conseguimos los 300 miligramos del primer medicamento? —le pregunta Darwin.

Ella se queda callada. Yo la veo y le imploro que me ayude. Ella me ve y me dice:

—¿Sabés lo que me están pidiendo? Además de que podría terminar en la cárcel. El aborto va en contra de mis convicciones. Por eso te dije, desde el principio, que yo no te puedo ayudar.

—Michelle, vos misma me dijiste que si el embarazo continúa yo puedo tener una hemorragia interna y morir.

—Sí, pero el tratamiento requiere cesar una vida. La vida que tenés adentro de vos.

—Olvidate por un momento de la discusión filosófica de que si es una vida o no. Desde el punto de vista médico, ¿qué es lo correcto? —le pregunto.

—Estrictamente desde el punto de vista médico, mi paciente sos vos.

—¿Podés hacer lo correcto para mí? Dame el medicamento y me voy para la casa y se acabó.

—Pero la gente ya sabe que estás embarazada, ¿qué va a pasar cuando se den cuenta de que ya no lo estás y que yo soy tu médica?

Darwin le dice que del embarazo sólo sabemos nosotros dos y Efrén. A las niñas y a mi mamá aún no les decimos nada, precisamente porque durante el primer trimestre muchas cosas pueden pasar.

—El año pasado, a Tati le vino la menstruación a los pocos días de que una prueba casera de embarazo salió positiva. En esa ocasión, ella le contó a su mamá, y después tuvo que decirle que ya no estaba embarazada. Por eso no le hemos dicho nada a nadie —dice Darwin intentando convencerla.

—No sabía de eso —dice Michelle y me ve con lástima en los ojos.

—No, para qué iba a venir a decirte que estuve embarazada y que lo perdí —le digo.

—Mi enfermera archivó los récords que registran tu embarazo, si ella llega a hablar, pues... ambos saben lo que puede pasar.

Darwin le dice que él no quiere presionarla. Se levanta del asiento, camina hacia la puerta, y antes de salir nos dice que contamos con su apoyo y discreción.

—Tati, mi amor, te espero afuera. Esta es una decisión entre tu médica y vos. Yo te apoyo en todo lo que decidás.

Me da un beso. Abre la puerta y sale de la oficina.

—Michelle, yo te conozco desde hace muchos años. Esto es entre vos y yo. ¡Por favor!

—No te puedo escribir una receta a vos. Levantaría muchas sospechas... qué tal si...

Ella se levanta y busca en un botiquín en la pared. Agarra varios sobres que dicen "prohibido la venta" y comienza a sumar.

—Vamos a hacer esto: Te vas a tomar estas tres pastillas ahorita mismo, y en 24 horas, exactas, te vas a tomar el medicamento para la úlcera.

Veo las pastillas que me ha dado y dicen que es un medicamento para tratar la hiperglucemia en personas con el síndrome de Cushing. La Michelle se ve nerviosa y en su nerviosismo me explica que este síndrome se presenta en personas con elevados niveles de cortisona y por eso es que la farmacéutica que los impulsa le regaló unas pruebas. Entre las tres pastillas, alcanzan los 300 miligramos de Mifepristol que necesito. Me alcanza un vasito con agua.

Cuando ve que me las tomo, se sienta y escribe una receta que tiene el nombre de Darwin.

—Es muy importante lo que te voy a decir: Voy a escribir una receta para tu esposo, él va a ir a cualquier farmacia y si le preguntan sus síntomas, simplemente va a decir que le detectaron una úlcera estomacal.

—Sí, gracias.

—Otra cosa muy importante... Es mejor que esto lo escuche Darwin.

Sale de su oficina y un momento después regresa con Darwin.

—Óiganme bien los dos. La Tati va a tener dolor y calambres. Eso es normal. Va a sangrar. Eso es normal. Puede tomar acetaminofén, pero por ningún motivo puede tomar aspirina. Por ningún motivo vayan a un hospital antes de llamarme. Por ningún motivo le digan a alguien que ella está embarazada. Señor presidente, no creo que le guste visitar a su esposa en prisión por los próximos cuarenta años. Tati, asegurate de seguir estas indicaciones. Recordá que en 24 horas tenés que ponerte el otro medicamento debajo de la lengua. Tal como dicen las indicaciones. Yo voy a llegar a su casa mañana alrededor de las seis de la tarde.

Veo a Darwin y le digo que ya me tomé la primera parte del tratamiento y que la receta para el segundo medicamento que necesito tomar está a su nombre. Él me abraza y me da un beso en la mejilla.

Por la tarde Darwin pasa al autoservicio de la farmacia y compra la medicina. De regreso a casa, me dice que la única pregunta que le hicieron fue que si quería inscribirse en un servicio de entrega de medicamentos a domicilio.

CAPÍTULO 7

No te puedo contar nada

29 de julio

I. Tatiana

12:30 p. m.

Es sábado y las niñas están en la casa. Ahorita estamos en la sala viendo una película. Catalina quiere salir un rato a caminar, pero le dije que cuando llegue papá, que él las va a llevar un rato a nadar a la piscina de la Escuela Militar.

Hace un poco más de dos horas me tomé las 400 ug de misoprostol que, según estaba leyendo, es una microunidad aún más pequeña que un miligramo. Los calambres ya me comenzaron, pero no puedo darme el lujo de quejarme frente a ellas.

Darwin no tardará en llegar. Esta mañana tuvo que salir a inaugurar una unidad de salud y después le iba a dar audiencia a un grupo de madres que se estaban quejando de los arrestos en zonas peligrosas. Él quería cancelar todo, pero yo le dije que no podíamos permitir que alguien sospeche de mi situación. Al poner la receta del medicamento a nombre de Darwin, contra "sus" úlceras estomacales, la Michelle se aseguró de hacer más difícil que alguien se dé cuenta de mi aborto, pero también se aseguró de involucrarlo. Ella siempre ha sido muy inteligente.

He tenido mi celular conmigo toda la mañana, tal como él me lo pidió. Y me ha llamado casi cada hora desde que se fue a las nueve de la mañana.

—Tati, ¿estás bien? —me pregunta Alicia—. ¿Querés que traiga algo?

Yo la veo, le sonrío y le digo que me dé un abrazo. Yo necesito a mis niñas. Estoy segura de que estoy haciendo lo correcto. No tengo ni una pizca de duda de que tengo que terminar este embarazo, pero siempre es difícil. Cualquier mujer que tenga que tomar una decisión como esta tiene que ser fuerte.

Ella me abraza y me dice al oído:

—Tati, te veo pálida. ¿Qué te pasa?

—Me inicia la menstruación y no me siento bien. Ya sabés, los primeros dos días sufro de cólicos, y me da mucho sueño. Ahorita tengo sueño.

—Ah, la menstruación, pero pensé que... —se me acerca nuevamente al oído y murmura: —¡Estás embarazada! No podés tener la menstruación. Yo te he oído vomitar por las mañanas, tal como lo hacías con Catalina. Creo que tenés que llamar a papá.

—Mi amor, no estoy embarazada. Estoy enferma.

Y sí, realmente, un embarazo ectópico es una condición grave que puede ocasionar la muerte, así es que no estoy mintiendo. Estoy enferma. Le digo que su papá no tarda en venir y que se quede con sus hermanitas hasta que llegue Darwin.

—Me voy a ir a acostar en lo que viene tu papá.

—Tati., yo... —se calla y me ve con angustia.

—No podemos hablar aquí. Caminá conmigo a mi cuarto y después te regresás a la sala.

Me levanto del sofá y siento un calambre fuerte en el vientre que me baja a las piernas. El dolor intenso que siento, de seguro, se ve reflejado en la cara. Ella me agarra el brazo y me sujeta, y noto que ya está más alta que yo. Alicia le dice a sus hermanas que sigan viendo tele y que ya va a regresar. Noemí y Catalina ni vuelven a vernos.

Llegamos a mi cuarto y Alicia cierra la puerta.

—Tati, por favor, haz lo que tengas que hacer para que estés bien pronto. No sé qué te sucede, pero sé que algo pasa.

—Es que...

No le puedo decir. Entre menos personas sepan es mejor para todos.

Ella me acuesta en la cama. Me trae acetaminofén e ibuprofeno y me dice que va por agua.

Cuando regresa, yo le agarro la mano y le digo:

—Todo va a estar bien. Me tomé un medicamento que tiene efectos secundarios, pero el medicamento es menos peligroso que mi condición.

—¿Tu condición? ¿La condición de estar embarazada?

No le puedo contar nada por qué entre menos personas sepan es mejor para todos.

—Tengo una condición médica que puede ser muy peligrosa, pero te aseguro que con el medicamento voy a estar bien. Es solo cuestión de tiempo. Mi doctora vendrá a verme hoy en la tarde para ver cómo sigo... ves, mi niña, no tenés nada de qué preocuparte. Sí, tengo dolor, y como vos decís, estoy pálida, pero en unos días voy a estar bien. Te lo prometo.

Ella se levanta de la cama, me pregunta si tengo el celular cerca. Cuando le digo que sí, sale del cuarto y cierra la puerta.

Estoy dormida cuando siento que la puerta se abre. Veo mi reloj, son alrededor de las dos y treinta de la tarde. Es mi amor, Darwin. Sonrío y le digo "hola" con vos adormitada.

Se acerca, se agacha y me da un beso en la boca.

—¿Te duele mucho?

—Un poquito. Alicia me dio acetaminofén hace como dos horas.

—¡Alicia!

—Sí, esa niña se nos está creciendo. ¿Podés llevar a Catalina y a Noemí a nadar? Les dije que cuando llegaras las ibas a llevar.

—Pero no te quiero dejar sola otra vez.

—Alicia se va a quedar en la casa, no creo que ella quiera ir con ustedes. Además, tengo mi celular aquí a la par, y lo único que quiero es dormir. Dejame dormir. Andá con las niñas.

—Está bien, pero me llamás inmediatamente si necesitás algo.

Él sale de la habitación, cierra la puerta con cuidado y yo cierro nuevamente los ojos.

CAPÍTULO 8

6 de agosto

I. Darwin

6 a. m.

—Buenos días, mi amada esposa —Despertarme al lado de esta bella mujer, cada mañana, me hace muy feliz. Al notar mi sonrisa, ella apaga su alarma.

—Buenos días, mi amado esposo —Mueve su cara hacia mí. Quiere que le dé un beso. Lo sé. Puedo leer sus gestos. Me acerco para besarla.

—¿Cómo amanecistes hoy? ¿Pasaste una buena noche? —le pregunto porque anoche no sentí sus movimientos.

—Sí, cada día me siento mejor. Aún estoy sangrando un poco, ya no es como tener la menstruación.

—No me gustaría que algo así nos vuelva a pasar. Deberíamos desistir de la idea de tener más hijas... Yo me puedo hacer una vasectomía.

Después de tener a Catalina encontré unas pastillas anticonceptivas en el baño, pero a finales del año pasado las dejó para anunciarme que quería tener otro bebé. Por la cara triste que ha puesto, me doy cuenta de que no le gustó mi comentario.

Para mí, lo más importante es evitar que su vida corra peligro.

—Yo quiero otro bebé —me dice en voz baja y viéndome a los ojos.

—Yo no te puedo negar nada, mi amor, pero estoy preocupado por tu salud. No te quiero perder. En esta ocasión pudimos solventar la situación. No quiero que te suceda nada malo. —Tengo que levantarme pronto. Necesito ir al baño.

—Estaba leyendo que los embarazos ectópicos son muy raros, y que la posibilidad de que vuelva a suceder es de uno entre doscientos mil. Mi amor, yo tengo 43 años, no me queda mucho tiempo para seguir intentando.

—Creo que vas a tener que aceptar que tu vida vale más. Somos cinco en nuestra familia, ¿no te parece suficiente?

Le doy otro beso. Ya no puedo quedarme en la cama, me levanto al baño. Cuando regreso, ella me pregunta cuál es mi agenda para el Día de El Salvador del Mundo. Reviso mi teléfono, por la mañana estaré en la casa, pero en la tarde voy a ir al evento en Catedral.

—Doña María tiene el día libre. Le voy a decir a mi mamá que las niñas la visitarán en la tarde. Estoy segura de que le dará gusto tenerlas un rato.

Por su seguridad, las niñas ya no nos acompañan a los eventos públicos. Tengo confianza en que con los investigadores de la policía y con los jóvenes que tenemos en todas las comunidades vamos a encontrar a los culpables. Los jóvenes se han convertido en nuestros ojos y oídos. Gracias a ellos hemos capturado a muchos pandilleros más.

Me suena el celular. Es Efrén.

—Aló.

—Hermano, ¿cómo sigue Tati? ¿Necesitan algo? Sé que tenés varios compromisos hoy, ¿necesitás que le haga de niñera?

—Yo voy a llevar a las niñas a donde la suegra. Tati se va a quedar sola en la tarde, si querés, podés venir un rato. A vos te conocen los guardaespaldas, no vas a tener problemas entrando a la colonia. Pero no hagás que Tati se levante a abrirte la puerta, traete tu llave.

—Ta'bien... decile a la Tati que le caigo en la tarde.

II. Tatiana

2 p. m.

Estoy sentada en la sala familiar viendo la televisión. Yo le dije a Darwin que no se preocupe por mí. Yo estoy bien y que, en el peor de los casos, a quien le tengo que llamar es a la doctora. Le aseguré que me siento casi normal, y que me movería a la sala a ver una película. Y aquí estoy. Escucho pasos por el pasillo.

—¡Hola! —digo en voz alta. Ya sé quién es.

—Hola, belleza —me dice Efrén.

—¡Ja! Mirame, vos, ¿aun así te lo parezco?

Yo estoy con el cabello recogido en un moño, sin una gota de maquillaje, y con pantalones para ejercicio y una camiseta blanca que hasta se ve estirada del cuello. Esta camiseta es una de mis preferidas porque es muy suave y tiene un estampado de Hello Kitty.

Se me acerca, me da un beso y me dice:

—Por supuesto que estás bella, aun con esa camiseta vieja. Tengo que decirte que mi hermano no tiene mal gusto. Él jamás lo reconocería, pero es muy vanidoso y le importa mucho lo que piensan los demás. Ese carisma que él tiene es porque quiere complacer, y nada complace más a otras personas que tener al lado a una bella mujer.

Jamás había reparado en eso. Sí, es posible que a Darwin le importe demasiado lo que diga la gente y que tanto Efrén como yo, y hasta Carla, que descanse en paz, no nos importa porque toda la vida hemos sido de los que tienen. De los que tienen casas amplias. De los que tienen sirvientes. De los que tienen la buena educación que el dinero puede comprar. En general, de los que tienen privilegios. Darwin viene de abajo, y ha logrado tener éxito, en parte, porque personas como nosotros lo adoramos.

—Gracias por venir a verme un rato. Como ves, estoy mejor.

Sonrío y le pido que se siente. Él se sienta a la par y me agarra la mano. Es raro, pero en ningún momento sus atenciones se sienten forzadas o incómodas. Es como si fuera mi hermano o un primo cercano.

—¿De qué me querés hablar? —Le pregunto.

—Es que no se te escapa ni una… ja, ja, ja…

—Recordá que yo puedo leer a las personas, principalmente a las personas cercanas a mí.

—Mi bella Primera Dama…

En ese momento sé que quiere hablar sobre algo relacionado con la presidencia. Respira hondo, me suelta la mano y me dice:

—Necesito que hablemos sobre nuestro Presidente y sus decisiones recientes. Estoy preocupado y antes de tomar una decisión que no va a ser bien vista por él, quiero que vos y yo hablemos.

—¿Ajá?

—Vos has estado alejada de todo por casi dos semanas. Yo sé por qué y, obviamente, apoyo todas las decisiones personales, pero no puedo apoyar lo que está pasando en las calles.

—¿Qué está pasando? No he escuchado que hayan explotado otras bombas. ¿De qué estás hablando?

—Desde el 15 de mayo se han arrestado miles y miles de personas sin ningún tipo de pruebas en su contra. Cada día se arrestan cerca de 500 personas. Escuché de un policía amigo tuyo que todos los agentes que van a operativos tienen que cumplir con una cuota de arrestos. ¿Te imaginás qué es eso? Desde el punto de vista legal es inaceptable que se fijen cuotas de arrestos antes de llegar a los lugares, porque se predispone a los agentes que participan en los operativos.

—Oíme, pero ¿por qué Rodolfo te dice esas cosas a vos, y no a mí?

—Me dijo que te llamó un par de veces, creo que como a mediados de julio, pero cuando pasaron los días y no le contestaste, me llamó a mí.

—Entiendo. La verdad es que no he querido ni siquiera hablar por teléfono. Con mi mamá es con la única que he hablado porque si no le contesto se va a venir a meter a la casa, y no quiero darle explicaciones a nadie. Vos entendés mi situación, ¿verdad?

—¡Por supuesto!

—¿Qué más te dijo Rodolfo?

—Dice que nadie se atreve a hablar en contra de esas "cuotas" por temor a represalias internas. Tati, intenté hablar con Darwin. Intenté expresarle mis preocupaciones como su asesor legal, pero simplemente no me escucha. Está tomando un camino peligroso, y temo que la presidencia se torne sangrienta si continúa así.

Me preocupa lo que me dice. Mi Darwin es una persona tan correcta que siempre busca justicia y hacer el bien.

—Tati, decí algo —me dice frunciendo el ceño.

—Efrén, ¿vos creés que está perdiendo el rumbo? ¿Qué creés que está pasando con él?

—Creo que él piensa que está haciendo bien, que el fin de tener un El Salvador en paz, sin la criminalidad de las pandillas y el bienestar de la mayoría, justifica la represión por parte del Estado. Y, bueno, vos lo oíste en su discurso del aniversario de su gobierno, él dijo que buscará la reelección para un segundo período consecutivo. Vos y yo, y el resto de las personas, sabemos que es ilegal. Simplemente, la Constitución no se lo permite, pero a donde quiera que va, toda la gente le agradece por la tranquilidad en las calles y le han dicho que su presidencia debe continuar.

Me quedo callada por un momento antes de hablar.

—Yo soy en parte culpable de eso. Yo le he dicho que si tuviera otro término podría hacer mucho más, y cuando lo anunció en su discurso, me admiré, pero hay una parte de mí a la que le agrada... Efrén, vos sabés que él es un hombre bueno. Es un hombre justo. No hay que tenerle miedo a un segundo término.

—Vos no sos abogada, y comprendo que no entendás la gravedad de la propuesta de un segundo término. Escuchame bien, si él se pasa por alto la Constitución, ¿qué hará el siguiente que llegue al poder? La Constitución es el marco legal que nos rige a todos. Nadie está por encima. Ni siquiera él y sus buenas intenciones. Tati, necesito tu apoyo en esto. Él aún no se ha inscrito ante el Tribunal Supremo Electoral, tenemos alrededor de un mes para convencerlo de que no lo puede hacer. No puede correr un segundo término.

—¿Creés que gane?

—No se puede sentar ese precedente. Y sí, creo que ganaría. La gente lo adora, y él adora que la gente lo adore. Entonces va a hacer más cosas que, aunque parezcan buenas, no nos van a llevar a un país sostenible.

Efrén toma una pausa. Se levanta del sofá y comienza a caminar de un lado a otro. Y con tono de súplica y frustración me dice:

—Tati, si no me ayudás a convencerlo, yo no podré ser cómplice de algo que considero ilegal. Un segundo término sin respetar los límites establecidos por la Constitución sólo contribuirá a la desestabilización del país. Necesitamos preservar la democracia y el estado de derecho.

Yo suspiro y, consciente de la gravedad de la situación, le digo que hablaré con él. Pero, realmente, no estoy convencida de que dejar que llegue otra persona a la presidencia es lo mejor en este momento. Hemos avanzado tanto y aún podemos hacer mucho más. Podemos asegurarnos de que la economía mejore, que los niños tengan acceso a una educación que les permita superarse y que las mujeres puedan tomar decisiones médicas sin ser juzgadas. Aquí es donde creo que hay que poner en la balanza qué es lo mejor para el país.

Yo sé que ha tomado bastante para que Efrén diga esto. Darwin es su mejor amigo, y si ha decidido hablar conmigo es realmente porque no lo está escuchando. Yo sé lo que significa esta amistad para ambos, y no sé si resistirá un segundo término presidencial bajo estas circunstancias. Pero, ¿qué es más importante: el país, la Constitución o la vida de sus habitantes?

CAPÍTULO 9

El nuevo sistema de monitoreo

1 de septiembre

I. Tatiana

11 a. m.

Voy en camino hacia la Unidad de Investigaciones de la PNC. Le digo a Mario que intente estacionarse adentro, donde se parquean los empleados. Recuerdo que hay un portón que da hacia donde guardan los vehículos oficiales que utilizan los investigadores. Ya le pedí a Rodolfo que me tramite un permiso especial de una hora. No creo que me quede ahí más tiempo. No quiero quitarles más tiempo del necesario, por eso no los hago llegar a mi casa o al estudio de Canal 10, que es donde tengo mi oficina principal.

El guardia del estacionamiento nos deja entrar sin problemas y me saluda con una gran sonrisa, diciéndome: "doña Tati, aquí la están esperando". Le pido a Mario y a Juan Carlos que me esperen en el estacionamiento.

Margarita sigue como recepcionista, con sus tacones, vestidos entallados a su medida y mucho maquillaje. Me agrada verla. Su discreción es insuperable.

—Licenciada, por aquí —se levanta de su escritorio y se dirige hacia la puerta de seguridad que separa la sala de espera del resto del edificio.

Nada ha cambiado desde la última vez que vine a proponerle un acuerdo a Rodolfo para investigar juntos la masacre de Carla y Carmen. El mismo pasillo sin cuadros o decoraciones, y la misma sala de espera. Ella me dice que ya estarán conmigo los dos investigadores asignados.

Cómo ha cambiado mi vida en estos años. Fui de ser reportera, a jefa de prensa de una campaña electoral, a Primera Dama con tres hijas y ahora dirijo varios medios de comunicación. Impresionante. Estoy admirada de mí misma. Respiro hondo y se me escapa una sonrisa de satisfacción cuando entran Rodolfo y Roberto.

—¡Mi estimada Licenciada! Si hubiera sabido que le causaba tanta felicidad visitarnos la hubiéramos invitado antes —dice Roberto siempre de payaso.

—Gracias por recibirme.

—Ya sabés. Estamos para servirte. Literalmente, nuestro trabajo es servirte —dice Rodolfo.

No sé si lo dice con agrado o hay un tono de molestia, por ahí, circulando.

—Mis investigadores preferidos, quiero que platiquemos sobre qué están pensando durante esta etapa de investigación. Ni las pistas del taller mecánico que compró una cantidad grande del acelerante ni las de la señora que hizo una compra grande de químicos en Guatemala nos llevaron a nada. Pero ya tenemos confirmación de los laboratorios de los gringos de que los elementos químicos de las bombas, al parecer, son casi idénticos. Y entiendo que todo indica que son las mismas personas o el mismo individuo lo que causó el caos. Por suerte, ya no ha podido hacer más daño por la presencia en las calles de los policías y militares.

Veo la cara de Rodolfo y no le gustó mi última observación, y ahora ya sé que ha elegido a Efrén para ser su confidente. Paro un momento y le pregunto:

—¿Tenés algo que decirme, Rodolfo? Yo pensé que estarías feliz de que Soyapango ya está libre de pandilleros y que eso te haría la vida más fácil a vos y a tu familia.

Rodolfo se ve furioso y antes de que pueda hablar, Roberto dice:

—Tati, sí, es cierto de que si no ha habido más bombas es posiblemente por la presencia militarizada en los barrios y colonias, pero también debés reconocer que tantos arrestos injustificados han ocasionado mucho daño en las familias.

—Lo que hizo el país fue cambiar un yugo por otro… —dice Rodolfo entre dientes. Roberto lo interrumpe intentando ser la voz de la razón:

—Los tres coincidimos en que debemos atrapar al o los culpables de las bombas.

No quiero pelearme con Rodolfo, si nos ponemos a discutir, nos desviaremos del trabajo que tenemos pendiente.

—Gracias por mandarme el reporte de los gringos y el reporte que ustedes escribieron sobre lo que han encontrado, pero estoy aquí porque quiero que platiquemos de lo que NO está en las páginas de su reporte. Yo sé que uno siempre deja datos o cosas fuera. Yo lo sé porque cuando escribía noticias o reportajes, siempre dejaba un montón de datos fuera.

Ambos se ven y se echan a reir.

—Ya ves —le dice Rodolfo a Roberto —yo te dije que a eso venía.

—Ta'bien… te debo un almuerzo —le dice Roberto.

—Vaya pues, hablen… ¿Qué ondas?

Ambos se quedan callados. Rodolfo respira hondo como agarrando fuerza para explicarme.

—Todo parece indicar que hay un grupo de jóvenes que no se ven como pandilleros, o sea, no tienen tatuajes ni nada que los identifique, y que se han dado a la tarea de poner esas bombas.

Él calla, y yo pienso lo peor. ¿Será que los jóvenes darwiananos son los culpables de las bombas? Rodolfo continúa:

—Estamos coordinando con la sección de Protección Ciudadana. Estos son los policías que andan en la calle ayudando a las personas con cualquier cosa que necesiten, ¿sabés de quiénes te estoy hablando?

—Sí, es una de las nuevas divisiones que creó Darwin, ¿correcto?

—Sí. Ellos tienen testigos que no están dispuestos a dar declaraciones oficiales, pero que describen a los sujetos. Estas descripciones las hemos comparado con las descripciones que están entrando a la línea telefónica de denuncias, también anónimas... ah... todos dicen que son dos adolescentes, que de seguro no tienen más de unos 15 años. Son flaquitos, pelo negro y sin nada físico que los haga sobresalir. Completamente normales. —Rodolfo se detiene. Y me mira para ver que sí estoy comprendiendo.

Roberto continúa con la explicación:

—Y los ingredientes que utilizaron son fáciles de encontrar en los hogares o negocios, lo que los delata es que utilizan sus mochilas para transportarlas. ¿Quién pone una hoya adentro de una mochila? Eso es lo que han reportado múltiples testigos. El otro dato en que todos los testigos coinciden es que son dos adolescentes que visten ropa normal, jeans y camisetas sin ningún logo escolar o de empresas. Eso no nos corresponde ponerlo en el reporte de laboratorio. Eso es algo que la PNC tiene que aprobar primero para dar el informe a Presidencia.

Mis queridos amigos están rompiendo protocolo para dejarme saber qué puedo esperar. Yo les agradezco su confianza, y antes de retirarme para dejarlos trabajar, les pregunto a dónde me aconsejan que investigue o en qué me enfoco.

—Acuérdense ambos de que soy buena haciendo preguntas. ¿A quién tengo que entrevistar o qué puedo hacer para avanzar las investigaciones? Tenemos que dar con los culpables. Tenemos que evitar que anden sueltos y que se animen a poner otra bomba.

—Hay varios ángulos por explorar: si hay llamadas desde la prisión, algo que indique que están dando órdenes. También se podría averiguar si hay algún grupo de jóvenes en las redes sociales que esté coordinando ataques. Si vos te enfocás en eso, nosotros nos podemos enfocar en escuchar otras pistas que la gente haya dejado en la línea telefónica —dice Roberto.

—¿Qué tal si también les ayudo en eso? Yo puedo escuchar los mensajes o leer las transcripciones. Puedo cancelar todas mis reuniones el resto del día y dedicarme a trabajar con ustedes. ¿Qué les parece? ¿Me hacen un espacio en su laboratorio?

II. Tatiana

2:30 p. m.

Una de las ventajas de ser Primera Dama es que puedo pedir información directamente a ciertas oficinas y lo hacen prioridad. Antes tenía que dedicar tiempo a cultivar amistades. Aún mantengo las viejas amistades, pero puedo pedir favores que, en realidad, son órdenes.

Cuando ambos vieron que las agencias me dan la información casi automáticamente, me han puesto a hacer llamadas.

—Qué galán es tener el poder de la Primera Dama aquí, con nosotros. ¡Calidad! —dice Roberto con una gran sonrisa.

—Yo creo que te vamos a asignar permanentemente este

escritorio —dice Rodolfo en tono de broma.

—Si tuviéramos siempre tu ayuda, ya habríamos resuelto todos los casos en los que no hay ni un sospechoso.

Yo me paro del escritorio porque siento que ya se me está durmiendo una pierna. Veo el reloj y son pasaditas las 2:30 p. m.

—No paramos de trabajar ni para mandar a pedir comida. Uy no, y yo dejé a mis guardaespaldas en el estacionamiento sin decirles nada.

—No te preocupés. Hace como una hora, uno de ellos le preguntó a Margarita si te ibas a tardar, y ella le dijo que estábamos trabajando y que si querían fueran a comprar algo de comer.

—¿Se fueron a comer sin avisarme?

—Margarita les dijo que aquí estabas segura y que si querías algo de comer ella te lo mandaría a comprar.

—¿Y me mandaron a comprar comida?

—Yo le pedí que nos trajera tres platos del día del comedor de la esquina —dice Rodolfo.

—¿Y a dónde estaba yo mientras todas estas conversaciones estaban pasando a mi alrededor? —les pregunto consternada.

—Aquí, pero estabas ocupada. Cuando trabajás todo alrededor desaparece —señala Rodolfo con un tono melancólico.

Es cierto. Él me conoce bien.

—¿Qué tal si vamos a comernos el almuerzo? Pobrecita Margarita, tengo que pagarle —digo en voz alta.

—No te preocupés que Roberto ya pagó. Él me debía un almuerzo y, bueno, es un honor invitar a la Primera Dama, ¿verdad, vos?

—Por supuesto, señora Doña Primera Dama de El Salvador, Nuestra Señora Licenciada Reina de San Salvador—dice muy ceremonioso Roberto sonriendo.

—Ta'bien, por esta vez. Pero que no se les haga tradición pagar por mí. Yo los puedo invitar y los voy a invitar a comer.

—Pero yo quiero ir al Tony Roma's o por lo menos a un almuerzo buffet o algo así —responde Roberto.

—Por supuesto.

Nos vamos al espacio designado para comer. Ahí nos esperan los tres platos desechables cubiertos con bolsas plásticas transparentes. La comida casi no se ve por qué el plástico está empañado con gotas líquidas. Esa es la señal de que la comida estaba caliente cuando la empacaron. El arroz está un poquito tibio, y el guisado de papas con algún tipo de carne y salsa de tomate está a temperatura ambiente. Yo abro la bolsa y tengo tanta hambre que, apenas me siento, comienzo a tragarme la comida. Literalmente a tragar, sin ningún tipo de modales. La cabeza aún me da vuelta con tanta información.

Estoy callada tratando de comer rápido para regresar a trabajar.

—Tati —me dice Rodolfo.

—¿Qué?

—Estás como en otro mundo, ¿qué ondas?

—Hablemos. Necesito aclarar las ideas. Pero tengo tanta hambre que necesito que las tripas me paren de chillar.

Doy unos bocados más. Y comienzo:

—Todo lo que aquí les voy a decir, aquí se queda. Principalmente, lo relacionado con sistemas de vigilancia del gobierno. ¿Está bien?

—Pues sí, y ya qué... Estamos trabajando juntos —señala Rodolfo.

—Dentro del sistema estatal de comunicaciones públicas establecí una red de monitoreo de las redes sociales en El Salvador utilizando como uno de los parámetros el IP salvadoreño.

—¡Ajá! —dice Roberto —o sea que cualquiera que esté en Facebook o YouTube lo están vigilando, ¿y qué con eso?

—Hay muchos grupos cerrados que utilizan Facebook o WhatsApp para comunicarse.

—¿Ajá?

—Ese departamento especializado ha utilizado un algoritmo para encontrar pláticas entre adolescentes que dicen tener de 13 a 18 años, utilizando palabras claves como explosión, bomba, explosivos, bombazo... y bueno, encontraron un grupo que comenzó a hablar de bombas desde enero de este año.

—¿Y quiénes son? ¿A dónde viven?

—Ese descubrimiento me llevó a hacer otras llamadas, y después a otras personas, y después con otras. Les puedo decir que estos niños no tenían ni idea de que estaban siendo utilizados por un palabrero en la cárcel.

—¿Y por qué no nos decías nada? Vos estabas sentada casi a la par de nosotros todo ese tiempo —pregunta Rodolfo.

—No quería parar de hacer llamadas. No quería distraerme.

—Sos una genia —dice Roberto. Se levanta y me abraza.

—Se trata de tener los recursos y tener a personalidades como ustedes dos guiando la investigación. Ustedes son la ley. ¡Son calidad! Le voy a decir a Darwin el buen equipo que hacemos.

—¿Sabés si tienen planeado o están planificando otro ataque?

—Al parecer, no. O por lo menos no lo han discutido en su grupo de *chat*.

—Vamos a identificarlos y averiguar todos los pormenores: dónde viven, a dónde estudian, quiénes son sus padres... Hay mucho papeleo que ir a hacer... vamos, Tati.

Regresamos a sus escritorios y con esas grandes pantallas de computadoras y la red megarápida de internet es fácil encontrar todos los detalles.

Le llamo a Darwin para decirle que ya encontramos a los culpables y que la PNC se hará cargo de las detenciones. Ya son casi las cuatro de la tarde. Les digo que me retiro y que les debo una comida en el *Tony Roma's*.

CAPÍTULO 10

Escribiendo la noticia

Tatiana

2 de septiembre, 9:30 a. m.

Me siento frente a la pantalla de mi computadora, un leve resplandor ilumina el borde de mis manos. El despacho está en silencio, roto solo por el zumbido del aire acondicionado y el suave golpeteo de mis dedos sobre el teclado. Respiro hondo, tratando de ordenar mis pensamientos. Sé que lo que estoy a punto de escribir cambiará la narrativa nacional, quizás para siempre.

"Exclusiva: Identificados los responsables detrás de los atentados con bombas que estremecieron al país."

El título aparece en la pantalla, rotundo y definitivo. Me recuesto por un segundo, dejando que las palabras se asienten. Mi mente regresa a la mirada seria de Rodolfo y al abrazo espontáneo de Roberto tras conectar las últimas piezas del rompecabezas.

Comienzo la redacción con un tono pausado, pero preciso:

"Después de meses de incertidumbre y temor, la verdad sale a

la luz. Fuentes confiables dentro de la Policía Nacional Civil (PNC) confirmaron que un grupo de adolescentes, manipulados desde el interior de una prisión de máxima seguridad, son los responsables de las explosiones que causaron pánico y destrucción en las principales ciudades del país."

Hago una pausa. La imagen de esos adolescentes me asalta de nuevo: rostros comunes, tan normales que podrían pasar inadvertidos en cualquier aula de clases o parada de autobús.

Continúo escribiendo, cuidando el tono:

"Las investigaciones apuntan a un reclutamiento silencioso, pero efectivo, orquestado por un líder de pandilla que, pese a estar tras las rejas, encontró la forma de usar las redes sociales para movilizar a estos jóvenes. Según los informes, los adolescentes no presentan ninguna señal externa que los vincule con actividades delictivas: sin tatuajes, sin afiliaciones evidentes. Tan solo mochilas cargadas con ollas que ocultaban el terror en su interior."

Vuelvo a leer lo que he escrito y mi estómago se encoge. ¿Cómo llegamos a esto? ¿Cómo puede alguien aprovecharse de la vulnerabilidad de los más jóvenes para sembrar terror y destrucción?

Siento una presión invisible en los hombros. ¿Es esto justicia o un relato de tragedia?

"El modus operandi detectado incluye la fabricación casera de explosivos con ingredientes fáciles de conseguir en tiendas locales. Las pruebas periciales de laboratorio y los reportes de

vigilancia coinciden en un punto alarmante: se trata de una red que podría haber permanecido oculta durante más tiempo de no ser por los esfuerzos combinados de las fuerzas de seguridad."

Mientras las palabras fluyen, los recuerdos se arremolinan. Las primeras llamadas con Darwin, los reportes iniciales, la frustración de encontrar pistas inconclusas. Me detengo un momento y miro el reloj: 9:47 a. m. Falta poco para el cierre del noticiero del mediodía.

Respiro profundamente y añado:

"El grupo de adolescentes fue identificado tras una compleja serie de análisis de conversaciones en redes sociales cerradas. Palabras clave como 'explosión' y 'detonador' llevaron a los investigadores hasta un chat privado, donde los jóvenes discutían detalles sin comprender completamente el alcance de lo que hacían."

Me pregunto si estos niños alguna vez pensaron en las vidas que podrían destruir. ¿O simplemente creían que formaban parte de algo más grande, sin saber las consecuencias reales?

Me levanto un momento, camino hacia la ventana y aparto la cortina. En la calle, la vida sigue: autos, transeúntes, vendedores. No saben que en minutos sabrán lo que yo ya sé.

Regreso a mi escritorio y concluyo con una nota de esperanza:

"Las autoridades han confirmado que, gracias a la colaboración ciudadana y el monitoreo constante, no existen

indicios de nuevos atentados en planificación. Sin embargo, han instado a la población a mantenerse vigilante y a reportar cualquier actividad sospechosa. Hoy, la justicia ha dado un paso importante, pero también queda claro que la prevención sigue siendo la clave para evitar futuras tragedias."

Miro la última línea y una sensación de alivio me invade. No porque la historia termine aquí, sino porque ahora todo el país conocerá la verdad.

Guardo el documento y preparo el archivo para enviarlo al editor. Sé que el titular se replicará en todas partes. Sé también que habrá críticas, pero no escribo para silenciar voces, sino para encender conversaciones.

Apago la computadora y me quedo sentada un momento. A veces, ser la primera en contar la historia se siente como una carga, pero también es un privilegio. Y hoy, más que nunca, me aferro a esa responsabilidad.

Me levanto, tomo mi bolso y camino hacia la salida. Mario y Juan Carlos me esperan, voy para Casa Presidencial.

—¿Todo bien, licenciada? —pregunta Mario.

Asiento con una sonrisa breve.

—Todo listo. Ahora, a esperar que el país escuche la verdad.

Mientras me alejo del edificio, el eco de mis pasos me recuerda que cada línea que escribí es una pieza del rompecabezas más grande: el de la memoria colectiva de un país que lucha por sanar sus heridas.

CAPÍTULO 11

La Constitución no puede ser una camisa de fuerza

10 de septiembre

Darwin

4:30 p. m.

Efrén entra a mi despacho sin que yo lo invite. Se ve agitado. Creo que está furioso. Yo soy quien tendría que estar enojado con él por la forma tan repentina en que se sale de las reuniones sin dar ningún tipo de explicación. Se comporta grosero conmigo y me ha cuestionado varias veces en público en las reuniones de gabinete. No me gusta que en lugar de que hablemos como amigos y como personas civilizadas, él se comporta como un niño malcriado.

—¿Qué te pasa? —le pregunto con tono seco.

—¿A mí? ¿Qué te pasa a vos? Te empeñás en querer ser el típico dictador de un país bananero que llega al poder y no se quiere ir. Estás buscando cualquier excusa para quedarte otro período más. La Corte Suprema de Justicia dictaminó que no podés participar en las próximas elecciones, ¿pero qué hacés vos? Te vale. Les llamás corruptos y, apoyándote en los militares, los destituís de sus cargos, y les cambiás las chapas de las puertas para que no puedan entrar. Y decidís nombrar tus propios jueces con la ayuda de la Asamblea Legislativa. ¿Y que cómo me he enterado de todo esto, te preguntarás? Pues por las noticias no ha sido, por supuesto, vos y Tati se han encargado de que salga sólo la información favorable, y lo que no lo es, como esto de los jueces, ustedes dos se han encargado de encontrarles partidas secretas y han utilizado a la PNC y a la Fiscalía para despedirlos.

Cómo se atreve a querer culpar a Tati, cuando ella es la única que realmente entiende la visión de lo que estamos construyendo.

—Dejá a Tati fuera de esto.

—Pero ella no está afuera de esto. Sabés, a principios de agosto, yo fui a suplicarle que te hiciera recapacitar, que aún era tiempo, pero por lo visto de nada sirvió. Ella es tan culpable como vos.

—Ya te dije que con mi esposa no te metás —le digo y me levanto de mi silla. No quiero que en su enojo diga algo de ella de lo que se pueda arrepentir. Yo no podría soportar escoger entre mi mejor amigo y mi esposa.

—Darwin, necesito que entendás. No podés lanzarte a un segundo periodo presidencial consecutivo. Va en contra de la Constitución y de los principios fundamentales de nuestra democracia.

¡Ja! ¡La Constitución! Sólo las personas con privilegios como él se atreven a citar ese libro tan violado y violentado como si fuera la última palabra.

—No se te ha ocurrido que la Constitución puede estar equivocada. Necesitamos actualizarla, adaptarla a los desafíos modernos que enfrentamos como nación. Mirá, países democráticos como Estados Unidos permiten dos periodos presidenciales consecutivos. Estamos hablando de ocho años. En Inglaterra, el Primer Ministro puede servir por muchísimos años, siempre y cuando haya consenso del parlamento. Margaret Thatcher estuvo en el poder por once años.

Si quiere le puedo dar lecciones de historia. Analizo su rostro. Ya no parece enojado, ahora hay un toque de incertidumbre. Creo que mis ejemplos están dando resultado.

—Pero, Darwin, hay un motivo para ese límite en este país. Es para evitar la acumulación excesiva de poder y preservar la verdadera esencia de la democracia. No podemos simplemente ignorarlo —dice llevándose las manos a la cabeza y pasándose los dedos por el cabello. Ahora está frustrado.

—Efrén, nuestro país está enfrentando desafíos únicos. Necesitamos un liderazgo continuo y fuerte para superarlos. La Constitución no puede ser una camisa de fuerza que nos impida hacer lo que es mejor para el país.

—¿Y qué? ¿Vos tenés monopolio en lo que es mejor para el país? ¿Sólo vos tenés la receta mágica que nos va a librar de todos los problemas que por más de cien años ha tenido esta sociedad? La exclusión, la marginación, la falta de oportunidades, ¿vos pensás que podés acabar con todos esos problemas estructurales?

Hermano, has llegado al punto del problema. Tomo un momento para respirar hondo. Lo miro a los ojos y le digo:

—Sí, exacto. Son problemas estructurales que requieren cambios de estructura para que dejen de ser problemas. Mi hermano, por favor, vos me conocés, vos sabés que los cambios que estoy haciendo responden a los problemas específicos de este momento. Recordá que la definición de locura es seguir haciendo lo mismo y esperar resultados diferentes. Para que el país cambie tenemos que intentar cosas nuevas, innovadoras, que nos ayuden a encontrar soluciones.

—¿Y esos jóvenes espías que tenés en las comunidades? Te ven como el salvador que viene a cambiar a El Salvador, pero realmente son "los jóvenes darwinianos", son jóvenes dedicados a la doctrina de Darwin... Mi hermano, te has convertido en un culto religioso. El culto de Darwin. El culto al Darwinismo de "si no nos gusta algo, cambiémoslo, ¿por qué no?"

—¡Exacto! ¿Por qué no? Efrén, para vos, para Tatiana y la gente de tu esfera social, el *estatus-quo* bien o mal les ha funcionado. Para gente como yo, si no tienen el apoyo de una Carla o de un Efrén no van para ningún lado. Mi destino hubiera sido, a lo mucho, convertirme en profesor de escuela y quedarme en el mismo pueblo. Y eso es si no me hubieran matado mientras tomaba el bus para ir al trabajo o caminando hacia mi casa... Mis hijas, ¿qué hubiera pasado con ellas en esos barrios pobres? Alicia ya estuviera criando dos o tres mareritos, y a Noemí quién sabe cuántos la hubieran violado, simplemente por vivir en la zona equivocada. No, eso no lo voy a permitir ni para ellas ni para ninguna muchachita. Es más, he decidido que, como parte de mi segundo período presidencial, vamos a poner penas más severas para violadores, y que la decisión de ese embarazo esté en manos de esa mujer. Vamos a tener medicamentos disponibles en los hospitales públicos y darles acceso a un verdadero sistema de salud reproductiva, que incluirá privacidad. Nadie tendrá derecho a hacer públicas las necesidades médicas o los expedientes médicos. Y vamos a entrenar a una nueva generación de personas que puedan tratar los embarazos como una condición médica.

—¿Vas a hacer público tu punto de vista sobre el aborto? Eso va a estar bueno. Se te van a venir encima todos los religiosos, todas las mujeres con doble moral y todos los locos de "sí a la vida"... ja, ja, ja... eso vale la pena ver. Si lográs que te compren esa idea me quedo con vos.

—¿Qué? ¿Me pensabas abandonar? —Me duele el pecho, cómo es posible que haya pensado dejarme, dejar nuestro trabajo. Todo lo que hemos logrado. Nos podemos pelear. Me puede putear si quiere, eso lo entiendo, y me voy a enojar un rato. — Te pido que me ayudés a modificar las leyes para que todos tengamos oportunidades. Ayudame a construir un mejor país, mejor de lo que heredamos. Necesitamos liderazgo constante para mantener la estabilidad y el progreso. Acompañame en un período más, te lo ruego, mi hermano, *please*!

CAPÍTULO 12

Darwin no es de esos

11 de septiembre

I. Tatiana

9 a. m.

Voy en camino al Hotel El Salvador y tengo que confesarme a mí misma que acepté ir por curiosidad. Hace un par de semanas me enviaron al canal de televisión una invitación dirigida a mí para asistir a un evento de la Cámara de Comercio de El Salvador. La invitación decía que se haría un "anuncio especial" con impacto nacional y que me invitaban como directora de la estación. Y ayer llegó la alerta de prensa para cobertura noticiosa.

Estoy segura de que es la Lucía. Desde que el expresidente Arriaga falleció, ella ha logrado el control de cierta facción de su partido, pero la verdad es que a nadie le importa. Darwin hizo que el bipartidismo terminara y ahora lo que hace la derecha nada más es dar patadas de ahogados. Y la izquierda está aún en peor situación.

—Licenciada, ¿le parece si Mario se queda en el vehículo? Este hotel tiene mucha seguridad y creo que conmigo será suficiente para cuidarla —me pregunta Juan Carlos.

—Sí, está bien.

Me abre la puerta del vehículo, me bajo y camino hacia la amplia y lujosa entrada en donde hay dos hombres con trajes, viendo a todas partes. A esto se refiere Juan Carlos cuando dice que hay mucha seguridad. La entrada de este hotel es siempre una visión agradable. Hay un impresionante portón de vidrio que la da un toque moderno, y que, aunado a los detalles arquitectónicos con figuras mayas talladas en blanco, y la perfecta iluminación, destaca cada rasgo del detalle.

El vestíbulo del hotel tiene lámparas colgantes exquisitamente diseñadas y hay música suave que flota en el aire. El aroma sutil de fragancias frescas se mezcla con la atmósfera, creando una experiencia sensorial envolvente. Tal vez por eso hice tiempo de venir a este evento. Este hotel siempre me envuelve. El recibidor se extiende con amplitud, decorado con muebles de diseño, obras de arte impactantes y detalles que capturan la esencia del lujo. Una recepción imponente, con acabados de mármol pulido y personal discretamente atento, están listos para asistir. Uno de ellos me ve, camina rápido hacia mí y me dice:

—Primera Dama, gracias por honrarnos con su presencia. La estábamos esperando. La Licenciada de La O nos pidió que la llevemos inmediatamente al salón exclusivo de juntas. Acompáñeme por aquí, por favor.

El hombre que me guía tiene movimientos teatrales: extiende los brazos con exageración y agacha la cabeza en una reverencia que roza lo cómico. Me indica que lo siga hacia el lado izquierdo del vestíbulo, donde un amplio pasillo se despliega con un suelo que parece de mármol, o quizás de otra superficie fina que no logro identificar con precisión. Lo único que sé con certeza es que cada centímetro brilla de manera impecable, como si lo acabaran de pulir. Los adornos en las paredes son piezas perfectas, réplicas de arte precolombino colocadas con un gusto meticuloso. Me detengo un instante para admirar la decoración. La armonía entre lo moderno y lo ancestral me fascina. Por un momento, pienso que me gustaría llevar ese estilo a nuestra casa. Aunque técnicamente es la Residencia Presidencial, siento que le falta ese toque elegante y distintivo que veo aquí.

Me pregunto si Darwin aceptaría la idea de contratar a un diseñador de interiores. ¿Debería consultárselo o puedo tomar esa decisión por mi cuenta? Incluso después de cuatro años de matrimonio, todavía no comprendo del todo cómo funcionan algunas de estas dinámicas.

El empleado del hotel abre con delicadeza la puerta del salón VIP y, al cruzar el umbral, me encuentro frente a ella: Lucía de la O. Pese a todo lo que pienso de ella, no puedo negar que la mujer destila una elegancia innegable. Cada detalle en su apariencia y comportamiento la hace parecer impecable, casi inalcanzable. ¿Se acordará de nuestras conversaciones pasadas? Yo, la periodista ambiciosa, y ella, la poderosa representante de la Fundación Arriaga.

—Estimada licenciada Vega y primera dama de la República —dice con una sonrisa medida mientras deja a un lado al hombre con quien conversaba—, gracias por acompañarnos en este día tan especial.

Sin darme tiempo a responder, me toma suavemente del brazo y me conduce hacia una de las sillas disponibles con una naturalidad que me desconcierta. Alrededor de la mesa hay unas doce personas, en su mayoría hombres. Reconozco varias caras: el gerente general de la Telecorporación Salvadoreña, el dueño de una influyente cadena de periódicos, el director de Sertracen. Me sorprende verlo aquí. También distingo a la gerente de una red de radios populares y hasta al dueño de una empresa dedicada al monitoreo de medios. La selección de asistentes no parece casual; aquí están algunos de los nombres más influyentes del mundo mediático.

Esta vieja se ve muy bien. Eso no lo puedo negar. ¿Se acordará de mí? ¿De las veces que hablamos? Yo como periodista, ella como encargada de la Fundación Arriaga.

—Licenciada Vega, ¿prefiere que me dirija a usted como "Primera Dama"?

—Licenciada Vega está bien.

—Bueno, muchísimas gracias por acompañarnos, como les decía a todos aquí presentes, antes de hacer el anuncio oficial a los reporteros que representan sus medios informativos, tengo el placer de anunciar que yo soy la candidata oficial por el partido Arena. Ayer, en la noche, el Coena concordó por unanimidad que yo soy la candidata que puede representar a la población inconforme con las violaciones a los derechos humanos que hemos visto bajo este gobierno déspota que no respeta las leyes, y que además planea seguir violando la Constitución con un segundo término presidencial.

Para este anuncio no me necesita aquí, y a los otros tampoco. ¿Qué quiere realmente?

—Licenciada de la O, muchísimas felicidades por su lanzamiento a la presidencia, yo concuerdo en que se necesitan a más mujeres en la vida pública del país —le digo.

Ella frunce la frente. Estoy segura de que no esperaba esa reacción de mí.

Otro de los asistentes le dice que él se asegurará de que la cobertura de las elecciones sea objetiva e imparcial. Mientras que la directora de las radios le dice que no tendrá inconvenientes consiguiendo entrevistas y espacios publicitarios, si así lo desea.

Lucía sonríe, pero es una de esas sonrisas falsas que suele hacer. Si no conociera yo a esta víbora. Pasan un par de minutos y las felicitaciones continúan hasta que creo que ella ha tenido suficiente. Se levanta y le agradece a todos por hacer tiempo en sus ocupadas agendas. Cuando está por salir del salón de juntas me vuelve a ver, y me pregunta si tengo un minuto.

Salimos rumbo a otra sala pequeña. Lucía pide a un empleado del hotel, a quien reconoce por su uniforme, que nos lleve café y, si tiene, repostería del día.

—Este hotel tiene uno de los mejores chefs de reposterías del país. Estudió en una escuela de reposterías en la ciudad de Nueva York bajo chefs franceses e italianos —me dice como tratando de instruirme y con el mismo tono me dice que me siente.

—Dígame, Lucía. ¿La puedo llamar por su primer nombre?

—No hay problema, Tatiana —me dice viéndome fijamente para tratar de leer mi reacción.

Lucía viste una blusa blanca que parece de seda y una falda gris oscura. Se ve impecable, como siempre. Hay una parte de mí que desea que le caiga café en la blusa antes de dar la conferencia de prensa.

—Tatiana, no tengo mucho tiempo. Como sabe, en unos minutos tendré el anuncio. Espero que los medios oficiales lo cubran. ¿Puedo esperar una cobertura justa desde sus medios? Usted es periodista, sabe a lo que me refiero.

Las instrucciones que he dado en la redacción es que vamos a cubrir las elecciones como una noticia de sucesos, sin mucho contexto, solo dando datos objetivos y oficiales. Nada de entrevistas a fondo con otros candidatos ni ataques a Darwin.

—Lucía, usted podrá esperar que la tratemos como lo que es, una candidata más. Mientras no haya ataques a la credibilidad del actual gobierno ni al carácter de Darwin, podremos estar presentes cubriendo la noticia. Todo lo que sea noticia.

—Me parece interesante cómo usted ha utilizado su posición en los medios para influenciar la forma en que la gente ve a su marido. Desde el principio usted creó campañas de relaciones públicas en torno a su boda, y a su corto embarazo... Por cierto, nadie dijo nada acerca de que su hija haya nacido a los cinco meses de su boda. Nadie se quejó cuando usted tomó control de dos canales de televisión, una red de más veinte radios, fundó su propio periódico y además administra canales por YouTube, y financia a más de cien *influencers*. ¡Bravo! ¡Bravo! En cuatro años ha creado un imperio propagandístico para Darwin.

Esta vieja me está enojando, pero no puedo darme el lujo de perder la cabeza.

—Lucía, ¿qué quiere de mí?

—Mi estimada Tatiana, lo que quiero es que hablemos. Como lo estamos haciendo.

—¿Hablar? No entiendo en qué le ayuda a su campaña hablar conmigo.

—Busco entablar una conversación con una de las mejores estrategas del país. Los jesuitas no se equivocaron cuando la identificaron como superdotada y la avanzaron de grado académico. Lo que tuvo que ser una sorpresa para ellos y para todos fue que haya decidido escribir noticias, en lugar de hacer las noticias. Me imagino que es parte de su independencia y rebeldía.

¿Pero cómo esta vieja sabe tanto de mi vida? De mis estudios en el colegio jesuita, de mi rebeldía en contra de todos… esta vieja me mandó a investigar a mí. ¡Sí, a mí! Cuando seguramente no encontró nada que pudiera utilizar en contra de Darwin.

—Lucía, ¿en qué la puedo ayudar?

—Ya casi llego al punto. Su rebeldía incluye casarse con un hombre tan corriente como Darwin y tener una niña igualita a él. ¡Ja! ¿Qué dijo su mamá cuando vio a la pequeña? ¿Le gustó que su nieta se pareciera a la servidumbre de la casa?

Cuando mi mamá vio a Catalina se quedó admirada de lo oscura que era su piel y me dijo que había salido a la familia de Darwin, no a nuestra familia. Recuerdo que la agarró, le dio un beso en la cabecita y le dijo que no importaba porque estaba segura de que había salido de mí. Ese comentario me hizo sentir un poco mal, pero se lo adjudiqué a las hormonas. Es normal que ella quiera que la niña se parezca a mí, ¿verdad?

—Tatiana, veo que está pensando. ¡Qué bueno! Su querido Darwin ha logrado una paz aparente que se refleja en la ausencia del crimen callejero. Es cierto. Él ha logrado que la gente como él se deje de matar unos a otros, y que lo adoren. Cómo no lo van a adorar, si les dice lo que quieren escuchar y lo reconocen como a uno de ellos.

—Un momento. Él está trabajando. No son palabras vacías como los políticos tradicionales. Hay acciones detrás de sus discursos. No puede menospreciar todo lo que ha hecho. Todos los empresarios pueden hacer sus negocios sin miedo a que la violencia de las pandillas los alcance o sin necesidad de pagar las extorsiones a los que muchos estaban sujetos.

—Es cierto, pero ¿se ha preguntado qué va a pasar cuando Darwin decida perpetuarse en el poder? ¿El caos político en el que nos vamos a hundir? El 31 de octubre es el último día para inscribirse al TSE, y no tengo duda de que él se va a inscribir porque no quiere dejar de ser presidente. Recuerde, para que haya democracia tiene que haber alternabilidad en el poder. Si él no deja la presidencia, no es democracia.

—La palabra democracia significa literalmente poder del pueblo. Si el pueblo quiere una reelección tiene el poder de reelegirlo. ¿No le parece? Dejemos que el pueblo decida si quiere a Darwin o a alguna de las otras opciones, incluyéndola a usted, una mujer que desprecia a todas las personas que no tienen su condición social, y que esconde su mezquindad detrás de esa fría elegancia. Por el momento ha logrado el control de su partido, pero no le va a durar mucho porque la gente puede ver atrás de esa apariencia refinada y exquisita.

Ya estuvo suficiente. Esta vieja ya me cansó. La veo fijamente y quisiera tener poderes mentales para desaparecerla, o por lo menos, echarle café en la blusa blanca.

—Tatiana, por favor, escúcheme. ¿Sabe usted qué está pasando en las cárceles? ¿Sabe usted de las personas inocentes detenidas cuyo único delito es ser pobre y vivir en esos barrios detestables? ¿Sabe usted de las personas que nunca llegan a las bartolinas y que están desapareciendo? Estamos hablando de que la represión ya no es monopolio de las pandillas, sino de este gobierno que actúa impunemente. Pregunte sobre los nuevos desaparecidos a sus amigos periodistas.

Me levanto en el momento en que llevan el café con la repostería. No tengo nada que hacer aquí. Ya no quiero escuchar sus pendejadas. A ella no le importa esa gente. A ella no le importa nada más que tener poder.

—Uhm... lástima, Tatiana, que ya se va, no podrá disfrutar de este delicioso refrigerio.

—Le deseo sinceramente que tenga un buen día, Lucía.

—Gracias, Tatiana. Cuando quiera platicamos otra vez, no he terminado... Tal vez cuando esté más tranquila.

Me doy la vuelta y comienzo a caminar hacia el vestíbulo del hotel. Juan Carlos viene atrás de mí. Espero que no haya escuchado nada desde la puerta a donde me esperaba. No, no creo que haya escuchado.

Qué vieja más insoportable. "¡Cuando yo esté más tranquila!" Pero si estoy tranquila, lo que no soy es tonta. Ah, creo que sí me molesté un poquito. ¿Qué es lo que quería? ¿Decirme que Darwin es un dictador? ¿Y qué? ¿Quiere que le ayude en su campaña en contra de mi esposo? ¡Está loca! Darwin es un hombre bueno que está luchando en contra de personas como ella, que quieren mantener un sistema corrupto que solo beneficia a unos pocos. ¡Estoy tan enojada! ¿Cómo se atreve a hablar mal de mi maravilloso esposo? Él es lo mejor que le ha pasado al país.

II. Tatiana

2:30 p. m.

No me he podido sacar a la Lucía de la cabeza. Hay varias cosas que me molestan, como su atinada presunción de que soy rebelde y de que mi vida ha sido una larga lista de decisiones que van en contra de lo que la gente espera de mí. Tiene razón. Y si tiene razón en eso, ¿en qué más tiene razón?

¿Será cierto que los policías tienen que cumplir cuotas de arrestos? Eso haría injustificable todo el avance en el tema de la seguridad social. ¿Será que a Darwin le está gustando mucho el poder y que no planea dejarlo? No, eso no es cierto. Pero no hemos hablado de cómo será nuestra vida después de la presidencia. Yo siempre supuse que se inventaría otro proyecto, tal vez una oenegé a nivel internacional, para combatir la violencia social, pero en realidad nunca lo hemos hablado. En estos años de matrimonio he aprendido que todo se tiene que hablar y hasta negociar, pero no hemos hablado sobre qué vamos a hacer después de la presidencia... Creo que estoy dejando que esa vieja me meta ideas en la cabeza, solo porque no lo hemos hablado, no significa que él quiera perpetuarse en el poder y convertirse en Hugo Chávez o alguno de esos populistas que después de hacer cambios se quedan en la presidencia. No. Darwin no es de esos. Le voy a llamar a Rodolfo, tengo curiosidad de saber su perspectiva.

—Aló —dice él.

—Hola

—Hola y esa sorpresa, ¡niña! Qué milagro que te acordás del proletariado.

Y ahí está su ligereza de carácter. Él y Roberto son muy

llevaderos.

—Pues aquí, queriendo saber de los amigos.

—Me alegra tener ese título de amigo, señora Primera Dama. Eso se llama tener amigos en las altas esferas, pero hablando en serio, ¿para qué soy bueno?

—¿Tenés unos minutos para hablar? No me gustaría hacerlo por teléfono. Yo puedo llegar a tus oficinas, o nos podemos ver en algún lugar a tomarnos un café o lo que te salga mejor, ¿qué decís?

—Pues por aquí andamos con Roberto recopilando unas pruebas que nos pidieron. Andamos por la iglesia Corazón de María, cerca de la Escalón. Creo que nos desocupamos como en una media hora, ¿a dónde nos vemos?

—¿Qué tal si nos vemos en el restaurante del Museo Marte? El café ahí es muy delicioso. ¿Saben dónde queda?

—Sí. Ahí llegamos.

Qué bueno que andan los dos juntos, Roberto y Rodolfo, con los dos voy a tener una idea mejor. A Rodolfo a veces lo siento un poco subjetivo porque no le deja de tener un poco de envidia y resentimiento a Darwin.

III. Tatiana

3:15 p. m.

Me fascina este restaurante porque ocupa un lugar privilegiado en el corazón del museo, como si fuera una extensión natural de las exhibiciones. Sus paredes de vidrio permiten una vista panorámica impresionante, integrando el arte y el entorno en un solo paisaje. Al entrar, se siente como cruzar a otra dimensión donde el diseño contemporáneo dialoga con la comida. Su menú, cuidadosamente curado por un chef galardonado nacional e internacionalmente, presenta platillos que fusionan técnicas culinarias modernas con ingredientes locales.

Pero bueno, estamos aquí para tomarnos una taza de café que a mi parecer es también una obra de arte. Tengo entendido que los granos son seleccionados de fincas sostenibles, ubicadas en las regiones montañosas de El Salvador. El aroma del café es profundo y su textura es aterciopelada con un cuerpo robusto que envuelve el paladar. Este café me lo puedo tomar negro porque no es amargo, aunque si quiero una bebida diferente lo pido como latte.

Los veo entrar, como siempre están hablando y parece que en lugar de trabajar andan paseando. Recuerdo cuando yo sentía lo mismo, cuando salía a cubrir noticias con mis amigos reporteros, la pasábamos superbién. Todo era risa y camaradería. ¡Ah! Tiempos aquellos. Ahora que soy la jefa, nadie bromea conmigo, nadie me invita a escaparnos un rato para un tomar un café y hablar de la vida. A veces me siento sola rodeada de tanta gente. Yo tengo que tener mucho cuidado cuando hablo porque no quiero que piensen que lo que yo digo es política nacional o que estoy dando órdenes.

Me levanto de la silla cuando ambos se aproximan para saludarlos con un beso. Con una gran sonrisa en el rostro, Roberto dice:

—Mirá, Tatiana, yo le cuento a mi esposa y a mi mamá que soy íntimo amigo de la Primera Dama y no me creen... ja, ja, ja, piensan que es uno más de mis chistes. Ahora en la noche, cuando llegue a la casa y que les cuente que fuimos a tomarnos un café con la Primera Dama y que me saludó con un beso en la mejilla, van a pensar que es otro de mis cuentos. Mi esposa hasta me dijo que dejara de estar bromeando así porque me podía meter en problemas por falsos testimonios. ¡Te juro que eso me va a decir otra vez! Ja, ja, ja.

Rodolfo se queda callado.

—¿Tu familia aún no sabe que trabajás en la PNC? —le pregunto.

—No. Estoy esperando el mejor momento y nunca parece llegar.

—Ya no tenés que esconderte ni decir mentiras, Rodolfo. Ya no tenés que tener miedo, la mayoría de los criminales ya están en la cárcel —le digo.

Él mueve la cabeza de un lado a otro, pero no dice nada. Roberto respeta su silencio y también se queda callado.

—¿De qué querés hablar? —me pregunta Rodolfo.

—Me gustaría saber cómo creen ustedes que están funcionando las Medidas de Reparo.

En ese momento llega la mesera a preguntar qué vamos a pedir. Ambos piden café. Roberto pide un relámpago y Rodolfo una quesadilla. Excelente elección la de ambos. Yo me pido también un café negro, y pido dos cafés adicionales en vasos desechables para los guardaespaldas. Uno está sentado en la entrada del restaurante, mientras que el otro se quedó en el vehículo.

—Mis estimados, como les preguntaba, ¿cómo ven las calles, la disminución de la criminalidad y los arrestos? En general, todo lo que implica las Medidas de Recuperación.

Los dos están callados. Se miran mutuamente. Roberto frunce la frente levemente y Rodolfo hace un leve movimiento de cabeza como indicando "dale vos". Pero nadie habla.

—¿Qué sucede?

Roberto respira hondo como para tomar valor y dice:

—Ay, Tatiana, es que no nos queremos meter en eso. Principalmente con vos.

—¿Conmigo? ¿Cómo así? Expliquen.

—Mirá, vos no solo sos la esposa, sino también trabajás en

el gobierno. Vos estás hablando de todo lo bueno que hacen ustedes, y no reportan nada de las quejas, ni de los abusos, ni nada —dice Rodolfo.

—Aja... y además, por si fuera poco, vos sos la Primera Dama —dice Roberto.

—Eso ya se lo dije yo —le dice Rodolfo.

—Pues sí, pero quería hacer incapié —le responde Roberto.

—Creo que ella ya sabe que es la Primera Dama —dice Rodolfo.

Y los dos se echan a reír, y yo con ellos. No cabe duda que una plática seria con estos dos es casi imposible.

La mesera nos lleva lo que pedimos, y nos pregunta si queremos algo más o si nos trae la cuenta. Se me olvidó que en ciertos días de la semana el restaurante cierra a las cuatro de la tarde.

—¿Qué les puedo decir para que hablemos abiertamente? ¿Qué todo es *off-the-record*? Que yo protejo a mis fuentes y que nada de lo que digan llegará a oídos ni de Darwin ni de nadie más.

—Ese es un buen comienzo. Además, ¿le podés decir a tu guarura que te espere afuera?

—¿Creés que me escucha desde la entrada?

—Es posible. No sé. Pero no quiero averiguarlo.

Le hago de señas a Juan Carlos que se acerque a la mesa y le pido muy amablemente que le lleve el café a Mario y que ambos me esperen en el vehículo.

—Licenciada, pero...

—Mire, ellos dos son policías. No me va a pasar nada. No tienen su entrenamiento especializado, pero son policías y cargan armas. Ellos me pueden proteger si algo surge aquí adentro.

A Juan Carlos no le gusta la idea. Aprieta los labios y se les queda viendo a ambos.

—Está bien, licenciada. Lo que usted diga, pero lo tendré que reportar en mi informe diario.

—Gracias.

Roberto y Rodolfo se toman su café, pero están muy callados. Regresamos a mis preguntas unos minutos después.

—Ya, por favor. No se hagan los de rogar, ¿qué está pasando en las calles? ¿Ustedes también han salido a hacer arrestos?

—Nosotros no tenemos que arrestar a nadie. Nosotros solo vamos con los agentes para recabar pruebas físicas, cuando hay, y tomar fotos para documentar los casos, pero... —Roberto se queda callado.

—Ay no, hablen por favor. Se están comportando como que les quiero sacar las muelas—les digo tratando de que el ambiente sea más liviano.

—Mirá, vos —Rodolfo respira hondo como agarrando fuerzas para hablar —los agentes tienen órdenes de enchuchar a cualquiera que tenga tatuajes alusivos a las pandillas, a cualquiera que tengan iniciales, cualquier tipo de iniciales tatuadas y que vivan en zonas pobres. También se arrestan a personas que hayan sido señaladas como ayudantes o simpatizantes de las pandillas, o que hayan sido obligados a aceptar cualquier tipo de favores. Y se arrestan a las personas, aunque no haya denuncias. Hemos escuchado cuando los subcomisionados les dicen a sus agentes que la cuota del día son veinte personas. Hemos escuchado cuando los golpean aunque no se estén resistiendo y nos ordenan a no tomar fotos de los golpes.

—Roberto, a vos te han entrenado los americanos en técnicas antipandillas, ¿qué dirían de lo que ustedes están haciendo?

—¡Nosotros! —dice Roberto con tono de preocupación.

—Pues sí, maje, somos nosotros porque vos y yo somos policías

—le dice Rodolfo.

—Siempre me he separado de lo que hacen los señores agentes del orden público y lo que hacemos nosotros los nerdos del laboratorio —dice Roberto.

—Sí, entiendo tu distinción y el querer mantenerte separado de eso —le digo tratando de concordar con él—. Pero si nos ponemos a analizar, la criminalidad en esas zonas donde se han realizado los operativos ha desaparecido. Simplemente, ya no existe desde que se retiraron a esos sujetos. ¿O no es así?

—Es cierto —dice Roberto.

—Y entonces, las Medidas de Reparo están funcionando. Rodolfo, ¿a qué le sigues temiendo? ¿Por qué aún no le decís a tu familia en qué trabajás?

Él toma una pequeña pausa, respira hondo y continúa.

—No sé cuánto vaya a durar esta aparente calma. No quiero precipitarme y después terminar asesinado en mi colonia.

—Recuerdo que una vez me contaste que una de tus hermanas, creo que la menor, estaba casada con uno de los jefes de una pandilla, ¿a ella como le va?

—Ella, su esposo y sus dos hijos más grandes, de 14 y 15 años, están en la cárcel.

No puedo evitar un gesto de admiración y me cubro la boca. Él continúa:

—Están donde tienen que estar. Todos les dijimos que esa vida no llevaba a nada bueno. Mi mamá no le daba mucho tiempo de vida a sus nietos, pero ni modo. No escuchaban. Mi mamá ahora se tiene que hacer cargo de los tres nietos menores, de 5, 8 y 9. No sé, me preocupan esos niños. Otra generación más que ya casi está perdida y que nunca tuvo oportunidades. ¿Qué va a pasar con ellos?

—¡Claro! ¿Qué va a pasar con la siguiente generación? —dice Roberto—. Las condiciones no han cambiado. La pobreza sigue. La marginación sigue. Los ingredientes que crearon esa generación de pandilleros violentos siguen ahí. Arraigados. No todos tienen la suerte de ser brillantes como Darwin y casarse arriba de su estrato social.

Otra persona que hoy hace alusión a los orígenes pobres de Darwin y cómo ha podido subir no solo gracias a la educación, si no a las personas a su alrededor.

—¿Y cómo ven ustedes la reelección de Darwin?

Ambos se quedan callados otra vez y se ven mutuamente.

—¿También creen que no debería hacerlo? —les pregunto.

—Yo creo que debería tener otro término porque no quiero que el país regrese a cómo estábamos antes, y otro maje no va a saber qué hacer. Mirá, Tati, yo lo apoyo porque ha hecho mucho y aún tiene mucho por hacer, no nos puede dejar así —dice Roberto.

—¿Y vos Rodolfo?

—A mí me la ponés difícil. Yo creo que para limpiar el país se necesita reformarlo, pero no estoy convencido de que otro término sea la respuesta. A mí me dan miedo las dictaduras.

—Pero vos conocés personalmente a Darwin, sabés que es un buen hombre. Sabés que no se va a convertir en dictador. Yo no lo permitiría.

—¡Tati, vos! ¿La que controla toda la información? No solo lo permitirías, sino que lo convertirías en una campaña democrática por la reelección. Es más, eso es lo que estás haciendo. Vos lo estás presentado a él públicamente como el "Presidente de la Verdadera Paz". ¿Me vas a decir que ese no es tu eslogan? Esa frase tiene el nombre tatuado de Tatiana Vega. Cada paso que has dado desde el principio, cuando él era candidato y te fuiste a trabajar para él, ha sido para que la gente lo adore aún más. Ustedes dos juntos… son… peligrosos.

Él dudó en decir esa última palabra. ¿Será que me tiene miedo? ¿Será que piensa que le puedo hacer algo?

—Ustedes son mis amigos, y siempre les voy a agradecer su sinceridad. Roberto, ¿qué te parece si un domingo te traés a tu familia a mi casa? Para que tu esposa se dé cuenta de que no son cuentos. Y vos, Rodolfo, te podés traer a tu mamá. ¿Podríamos hacer una carne asada? ¿Qué les parece?

Ambos se quedan callados. Roberto mueve la cabeza de un lado a otro como diciendo "no".

—¿Qué sucede? —les pregunto. No entiendo su actitud.

—Vos ya nos has hecho ofrecimientos antes, ¿te acordás de que nos ibas a invitar a *Tony Roma's*? Y nunca pasó —dice Roberto —yo te entiendo, vos sos la Primera Dama y ¿qué tiempo vas a tener para nosotros? No es realista creer que alguien como vos quiera socializar con dos técnicos de la Policía, cuando tenés tantos compromisos. No te preocupés, Tati, no hay problema. La próxima vez que querrás hablar con gente normal como nosotros, sólo llamanos.

Me siento mal. Es cierto, yo no he intentado verlos desde que resolvimos el caso de las bombas juntos. Pero es que no tengo tiempo. Roberto tiene razón, mi tiempo no es mío.

—Este domingo. O sea, en tres días, ¿tienen planes?

Hacemos planes para que lleguen a la casa. Sé que debería hablar con Darwin primero, pero realmente me siento mal. Soy una mala amiga. Y estoy consciente de que siempre lo he sido. Yo soy muy práctica y tiendo a utilizar a las personas. No quiero ser así con ellos.

Esta noche hablaré con Darwin sobre esta invitación. No creo que se niegue o se enoje. Él sabe lo útil que han sido ambos. Y ahí voy otra vez, pensando en la utilidad de las personas. ¿Será que

Darwin también es así?

CAPÍTULO 13

29 de octubre

Discurso ante la ONU por Zoom

I. Darwin

10 a. m. *Hora de Nueva York.*

Excelentísimos delegados, distinguidos miembros de la Asamblea General, agradezco sinceramente esta oportunidad de dirigirme a ustedes en nombre de mi nación por medio de esta plataforma virtual. Frente a los desafíos que enfrentamos, nos encontramos aquí para compartir una experiencia singular, una que no busca imitar fórmulas ajenas, sino que busca aprender de nuestro propio camino hacia la paz y la seguridad.

En los barrios más populares y diferentes rincones de nuestra pequeña nación, enfrentábamos la amenaza constante de la violencia pandillera que amenazaba con desgarrar la esencia misma de nuestra sociedad. Pero desde mayo tomamos la decisión de que protegeríamos lo más básico: La vida de las personas.

Y es así como hemos decidido enfrentarnos a ese desafío de una manera contundente, limpiando nuestras comunidades de los terroristas.

No nos embarcamos en una búsqueda de soluciones prempaquetadas o soluciones copiadas y pegadas.

En lugar de eso, miramos dentro de nosotros mismos, evaluamos nuestras fortalezas y debilidades, y creamos estrategias que se ajustaran a nuestra realidad única.

En nuestra lucha, hemos aprendido que para darle paso a una nueva realidad tenemos que arrasar con todo lo relacionado con las pandillas, su poder, su control y sus símbolos.

En tan solo cinco meses, la delincuencia en las zonas recuperadas ha bajado a cero. Los homicidios provocados por las pandillas han bajado a cero.

Permítanme ser claro: no estamos aquí para adherirnos a las convenciones establecidas por otros. No buscamos la aprobación de ustedes, sino compartir nuestros logros. En nuestra nación, desafiamos las normas que no se alinean con nuestra realidad, demostrando que la autonomía y la adaptación son esenciales para el éxito.

La lección que ofrezco a la comunidad internacional no es una de superioridad, sino de posibilidad. Les insto a mirar más allá de las recetas prediseñadas que intentan imponernos algunas organizaciones internacionales. Algunos se atreven a decirnos que estamos haciendo las cosas mal, cuando vemos todo lo contrario. Podemos comprobar que nuestras medidas nos han funcionado.

Es importante señalar que cada nación, cada cultura, tiene el potencial de encontrar su propio camino hacia la paz y la estabilidad.

Nosotros no seremos rehenes de expectativas externas. En El Salvador optamos por la autodeterminación.

Hoy les pido en esta Asamblea General que NO nos dejen solos. Este no es un llamado al aislamiento, sino a la reflexión. Observen nuestros esfuerzos, conozcan nuestras historias, pero no esperen que copiemos y peguemos soluciones. Somos únicos, y nuestras respuestas deben reflejar esa singularidad.

En la búsqueda de un futuro más seguro, les extendemos una invitación abierta para aprender de nosotros, como nosotros hemos aprendido de nuestros propios desafíos.

Les pido que esta asamblea sea un foro para el intercambio genuino. Un crisol donde las naciones puedan aprender unas de otras y trabajar juntas hacia un mundo más seguro y próspero.

◆ ◆ ◆

II. Tatiana

9:30 p. m.

Estamos en la cama. Fue un día muy ajetreado. Él está viendo reacciones a su discurso por las redes sociales y yo hago lo mismo pero con los medios. Detesto las redes sociales. Detesto la forma en que cualquier ignorante tiene un megáfono para diseminar las tonterías que piensa o que mira. Detesto principalmente a los *influencers*, se creen tan importantes porque a veces tienen más seguidores que los mismos medios de comunicación. Pero yo sé que a Darwin no le molestan. Es más, él me pide que quiere hacer entrevistas con algunos de esos estúpidos que son famosos por sus mismas estupideces. Ay, no, hasta me pongo de mal humor.

—¿Qué te pasa? Estás haciendo caras —me dice Darwin.

—Nada, pensando en... quiero que hablemos sobre...

—¿Sobre?

—¿Cuánto tiempo más pensás ser presidente?

Se toma un momento antes de responder. Baja su celular, lo pone sobre sus piernas y me ve a los ojos.

—Un período más para poder avanzar con los proyectos y terminar algunos.

Se calla y me observa.

—¿Y después? ¿En cinco años más?

—Aún no sé. No sé si vamos a poder terminar en cinco años.

Eso es lo que teme Efrén, y creo que muchas otras personas también. Tengo que seguir preguntándole.

—Y si no, ¿cuánto tiempo?

Él se calla y lo veo pensativo. Eso me da calma porque significa que no busca quedarse en la presidencia.

—Estamos hablando de crear las condiciones para que la siguiente generación, la generación de Alicia y nuestras otras hijas, puedan tener la mejor versión del país que se ha visto en la historia.

—Estás hablando de terminar proyectos y de ahí, hablás de la generación de Alicia. Entonces, ¿qué? Estás hablando de 10 años, por lo menos.

—Sí, es posible —me dice, pero no lo veo convencido. Aún hay dudas en su rostro.

—¿Efrén sabe de tus planes de diez años?

—No. Lo tuve que convencer para que me ayude cinco años más. Después lo voy a convencer para otros cinco.

—Él no va a querer. Mucha gente no va a querer que te quedés en el poder tanto tiempo... No es democrático.

Mi comentario lo molestó. En su cara hay un gesto de disgusto. Se levanta de la cama y comienza a caminar de un lado a otro sin decir nada. Después de un momento me ve a la cara y me dice:

—Es democrático si la gente lo quiere. De eso se trata la democracia, de que la gente pueda escoger a los gobernantes, y si ellos lo quieren, ¿por qué no sería democrático: Porque no estamos siguiendo el modelo de la alternancia que tienen otros países? ¿Por qué tenemos que hacer lo que otros países quieren y no lo que nosotros queremos?

—La Constitución dice...

Sigue caminando de un lado a otro de la habitación como si estuviera elaborando mentalmente la justificación.

—¿Y quién escribió la Constitución? Dejame te cuento... la actual Constitución la escribieron en la década de los ochenta, cuando el país estaba en guerra. Los juristas se basaron en las tradiciones y reglas de Francia. Y en los noventa, otro montón de diputados que la mayoría ya están muertos, la hicieron aún más estúpida, agregándole las prohibiciones totales a los derechos reproductivos de las mujeres que, por cierto, esa es una de las cosas que quiero cambiar en mi siguiente término. Efrén decidió quedarse a trabajar conmigo cuando le dije que en mi segundo período presidencial vamos a derogar esa ley.

—No te recomiendo que hablés de eso por el momento. Evitá hablar sobre los derechos de las mujeres hasta después de las elecciones, si no te van a boicotear algunas de esas mujeres que querés ayudar. ¿Me prometés que vamos a cambiar esas leyes?

—Por supuesto que lo vamos a cambiar. Es más, quiero que hablemos de nuestra experiencia.

—No, no podemos hacerle eso a la Michelle, le pueden quitar su licencia y puede terminar en la cárcel.

—Pero la podemos sacar de la cárcel. Ese no es problema.

—No. Le prometimos que no diríamos nada.

—Hablemos con ella antes de tomar una decisión, yo creo que ella va a entender que necesitamos que las mujeres tengan control de su cuerpo y que puedan decidir si quieren hijos y cuándo.

—Está bien, hablemos con ella. Pero, mi amor, realmente me preocupan tus ganas de quedarte en la presidencia.

—No es que me quiero quedar en la presidencia, es que estamos haciendo cambios, estamos finalmente llevando al país hacia donde debería ir, y no hacia donde lo llevaron los corruptos, cada quien jalando por su lado, cuando debemos ir juntos. Tati, ¿vos dudás de mis intenciones? ¿Crees que yo sería capaz de quedarme en la presidencia solo porque sí?

Le digo que regrese a la cama. Lo abrazo, le doy un beso en los labios y le afirmo que yo sé que sus intenciones son buenas.

—Amor, lo que quiero saber es ¿hacia dónde va esta película de Hollywood? ¿A dónde termina este final feliz?

Para mi sorpresa no hay respuesta. Se queda pensando y me dice que aún no se escribe el final de esta historia.

CAPÍTULO 14

A un mes de las elecciones

I. Darwin

4 de enero

8:50 a. m.

Le dije a Tati, a Efrén y a mi vice que los esperaba en mi despacho a las 8:55 de la mañana. Quiero que veamos juntos los resultados de la encuesta de la UCA. Me levanto de mi asiento y camino hacia el televisor gigante que tengo a un lado de la mesa de juntas. Me gusta tener un despacho amplio porque puedo tener reuniones sin necesidad de ir a una sala especial. Enciendo el televisor para buscar el Canal 10.

Llega Efrén. Saluda escuetamente. ¿Es mi imaginación o todavía no está completamente convencido de un segundo término? Le pregunto cómo está. Me responde "bien". Le pregunto que si quiere tomar un café. Saca su celular y dice que "no". Obviamente, no quiere hablar. Está bien. Mejor que se quede callado. Mi Tati abre la puerta, mi despacho se llena de luz y felicidad. Ella se tira a abrazarme como si no me ha visto en días. Me da un beso. Efrén la saluda con una sonrisa, como siempre, con un beso en la mejilla. Ahí me doy cuenta de que no es mi imaginación. Efrén no es el mismo conmigo.

Entra mi último invitado.

—Hola, David —le digo a mi vice.

—Hola, hola. Tati, qué bueno que nos acompañás —le dice y le da un beso en la mejilla. Saluda cordialmente a Efrén y él le devuelve el saludo.

—Canal 10 lo va a transmitir, ¿verdad? —le pregunto a Tati.

—Por supuesto que la televisión nacional va a transmitir un suceso tan importante. Desde hace más de una hora, el equipo está en las instalaciones de la UCA.

Efrén levanta la mirada del celular y le pregunta:

—¿Ya sabés cuáles son los resultados?

—No completamente, pero una fuente me aseguró que son favorables.

—Uh… ya veo, por eso mandaste equipo para transmitir en vivo, ¿no es así? ¿O lo hubieras mandado si no hubieras sabido?

No me gusta el tono de Efrén hacia mi esposa.

—Tati tiene el pulso en todo lo que sucede y toma decisiones de acuerdo con las circunstancias —le digo.

—Querés decir que la Tati tiene espías que le adelantan lo que va a pasar para cuidarte las espaldas a vos —dice Efrén en tono burlón.

—Esperate… —dice Tati— es mi trabajo saber qué sucede, por qué y asegurarme de dar el ángulo noticioso. Y yo soy buena en mi trabajo, por si no lo sabías, mi estimado Efrén.

—Y de qué te enteraste —pregunta mi vice.

—De que más del setenta por ciento de los salvadoreños declararon intención de voto por el presidente, y que el principal motivo es el combate en contra de la delincuencia. Además, más de la mitad dice que el país va por buen camino y que tienen esperanza en el desarrollo económico a futuro.

Mi vice se sonríe y dice:

—Tenía que ser así. En estos años hemos hecho mucho más que los otros gobiernos anteriores y la gente lo nota. Además, hemos implementado políticas socioeconómicas que nos posicionan entre las naciones con más alto crecimiento en producción nacional y generación de fuentes de trabajo.

Les digo que veamos la pantalla porque está a punto de comenzar la transmisión en vivo. Le subo el volumen y después de una breve introducción del director, padre Echeverría, sobre la metodología utilizada, dice:

A un mes de las elecciones presidenciales, los resultados de la encuesta son:

- *Un 72 % de la intención de voto para presidente está dirigido hacia el actual presidente de la República, Darwin Washington Alvarado.*

- *Un 9 % para la candidata por ARENA, Lucía De La O*

- *Un 4 % para el candidato por FMLN, José Eduardo Villar*

- *Y un 2 % para el candidato por el PCN, Napoleón Méndez Avilar*

- *Mientras que un 13 % dijeron estar indecisos o declinaron dar su opinión*

Todo parece indicar que un porcentaje significativo de los encuestados expresa su aprobación hacia el licenciado Darwin Alvarado, destacando su capacidad para liderar el país en tiempos desafiantes y tomar decisiones difíciles. Cuando se les hizo la pregunta abierta del motivo de su opinión, muchos coincidieron en que valoran su enfoque pragmático y la forma en que aborda el combate a la violencia de las pandillas, así como sus esfuerzos por mejorar la educación y la atención médica.

Cuando se les preguntó a los salvadoreños sobre su

situación económica, personal y familiar, un 60 % dijo que podría ser mejor, mientras que un 30 % dijo que no están bien. Pero cuando se les preguntó sobre las perspectivas económicas para los próximos cinco años, un 70 % indicaron que tienen esperanzas de que la economía estará mejor, y un 30 % dijeron que no esperan mejorar.

Cuando se les preguntó a los encuestados sobre qué esperan del nuevo mandatario, las respuestas fueron las siguientes:

- *Un 53 % quieren mantener las Medidas de Reparo*

- *Un 10 % quieren que se termine las Medidas de Reparo*

- *Un 30 % quieren que las Medidas de Reparo se hagan permanentes y que se instale la pena de muerte.*

El director de la UCA se queda callado por un momento. Pienso en que se ha congelado la transmisión en vivo, y vuelvo a ver a Tatiana, pero él continúa con su análisis:

Está claro que los encuestados aprecian la mano dura contra los pandilleros, los esfuerzos del actual gobierno por crear oportunidades de trabajo, pero que la situación económica no ha mejorado para la mayoría... y para mí está claro que la mayoría prefiere vivir en un estado con reglas rígidas en donde haya consecuencias permanentes.

Comienzan los periodistas a hacer preguntas, pero como todos tratan de hablar a la vez, no se les entiende qué dicen. Uno de los coordinadores de la conferencia de prensa intenta poner orden. Les pide que pasen al micrófono y que se identifiquen con su nombre y medio al que pertenecen.

—*Úrsula María Fuentes, de TCS... Padre Echeverría, esta encuesta parece indicar que el presidente Alvarado ganará las elecciones en primera vuelta, ¿es esto lo que la encuesta nos refleja?*

—*Sí. Todo parece indicar que el actual presidente alcanzará la mayoría simple que necesita para evitar una segunda vuelta. Él posiblemente será el próximo presidente.*

—*Luis Ábrego, de Voces. Como académico, ¿cuál es la lectura que hace de esta encuesta? ¿Por qué los salvadoreños elegirán nuevamente a este presidente cuando se está violando la Constitución de la República?*

—*La encuesta nos dice que los salvadoreños quieren a un hombre fuerte en la presidencia que pueda mantener el orden, independientemente de si es legal o no. Nos dice que la democracia puede tener muchas formas, inclusive adoptar medidas que podrían no parecer democráticas, pero que al final del día la decisión recae en la persona al mando, y al final del término de servicio público, en este caso la presidencia, la decisión cae en los ciudadanos que voten por mantenerlo en el poder.*

—*Entonces, ¿quiere decir que usted está de acuerdo con violar la Constitución porque la mayoría así lo decide?*

—*¿Cuál es su nombre? ¿Y su medio?*

—*Me llamo Isabel, de La Prensa Gráfica.*

—*Yo estoy aquí para presentar los datos de la encuesta y tratar de descifrarlos. Mi opinión personal es irrelevante... si su pregunta es si los salvadoreños están de acuerdo en la reelección a pesar de las objeciones a la interpretación de la Constitución, pues yo le digo que todo parece indicar que los salvadoreños quieren un segundo término presidencial del licenciado Alvarado.*

—Yo soy Luisa Rodríguez, de Factum. Hay muchos salvadoreños que siguen emigrando hacia Estados Unidos; cada día hay decenas de personas que dejan el país por tierra. ¿Cómo se puede decir que las personas están de acuerdo con el rumbo del país si hay tantos que están huyendo?

—En esta encuesta no preguntamos sobre las intenciones de emigrar hacia Estados Unidos u otros países, pero por lo que hemos podido recabar, la situación económica familiar no está bien, y eso hace que aún siga la necesidad por emigrar, la necesidad de buscar un mejor futuro.

—Padre, yo soy Carla , de la YSUCA... Padre, ¿cuál cree usted que es el mensaje principal de esta encuesta?

—Si tengo que resumir lo que encontramos, yo diría que la encuesta refleja un sólido respaldo al presidente Alvarado, destacando tanto sus logros pasados como su visión de hacia dónde se dirige el país. La mayoría de los encuestados valora su liderazgo y las decisiones que ha tomado para mejorar la calidad de vida.

Tati comienza a aplaudir, se le une mi vice. Efrén nada. Está callado. Lo noto pensativo.

—Tal como lo esperábamos —dice David.

—Sí y yo creo que en lo que falta de este mes necesitamos hacer unos promos destacando las esperanzas de un mejor futuro. Ahora que ya logramos la seguridad, tenemos que enfocarnos en la economía y la educación. Se me ocurre algo así como "El presidente de la verdadera paz nos llevará al progreso" —dice Tatiana.

—Tati, pero vos no podés dedicarte a producir promos con los fondos ni el equipo del Canal 10 o de ninguno de los noticieros nacionales. No podés. Eso es corrupción —dice Efrén molesto.

—No hermano, no te preocupés —le digo— la Tati contrató a una agencia de publicidad que se encarga de toda la producción para la campaña electoral. No se están utilizando recursos directos del Estado.

—Ta'bien. yo... yo creo que mejor me regreso a mi oficina —dice Efrén.

Se levanta. Se despide de todos y nos felicita. Yo le doy las gracias por su trabajo en presidencia, le aseguro que aún tenemos mucho por hacer y que agradezco sus consejos. Su actitud cambia un poco. Comienza a caminar hacia la puerta, al llegar se da la vuelta y me dice:

—No me hagás que me arrepienta, cabrón. Has hecho un buen trabajo y tus logros, pues, son innegables, pero yo no voy a permitir que te convirtás en un dictador.

¡Dictador! Es eso lo que él piensa de mí. No. Yo no quiero ser un dictador, pero por qué me habla de esa forma frente a mi vice y mi esposa. Somos amigos, pero soy su jefe. Soy su presidente.

II. Tatiana

Las cosas están tensas entre Darwin y Efrén. Yo los entiendo a ambos. Efrén tiene miedo de que Darwin se convierta en un Daniel Ortega o en un Putin, y que se quiera perpetuar en el poder. A mí a veces me da miedo también, pero confío en las buenas intenciones de Darwin. Además, confío en que entre Efrén y yo podremos guiarlo si su ego se sale de lugar.

—*Babe*, ¿qué te sucede?

—¿Soy yo o Efrén estaba tenso? —pregunto.

—Efrén estaba raro —dice David sin vacilar—, ese último comentario estuvo raro.

—Voy a hablar con él —dice Darwin.

—No, dejame a mí, él y yo ya hemos hablado antes sobre sus dudas. Te lo comenté, mi amor, ¿te acordás? —le digo yo.

—Sí, pero si él quiere irse, tal vez será mejor que se regrese a trabajar a la oenegé. Creo que ese trabajo lo hace más feliz que estar en el gobierno. Creo que no tiene estómago para las decisiones difíciles.

—No, no digás eso. Él te ha hecho el marco legal de todo el trabajo, no creo que sea buena idea decirle que se vaya. Además, vos necesitás a gente a tu lado que te haga las preguntas difíciles, no es bueno rodearse de gente que te tengan miedo y que hagan todo lo que vos les pedís sin cuestionar.

—¡Ja! Y a mí que me gusta que me tengan miedo y que no me cuestionen... ja, ja, ja...

—A nadie le gusta que lo cuestionen —dice David.

Yo muevo la cabeza de un lado a otro y les digo que siempre hay que escuchar diferentes posiciones y opiniones, y que cuando alguien como Efrén cuestiona es porque otras personas seguramente lo harán. Personas como él, con criterio, experiencia y sensatez.

—Ustedes dos piensan que siempre tienen la razón, y se llevan bien porque cada uno es experto en su área, pero si tuvieran que trabajar en la misma área, sería otra historia.

David sonríe, concuerda y se despide, explicando que tiene varias reuniones pendientes.

Nos quedamos solos en su despacho. Darwin me hace señas con las manos que quiere que me siente sobre sus piernas.

—¿No esperás a nadie más? No quiero que nadie nos encuentre

en una situación inapropiada en tu despacho.

—¡Inapropiada! No, ¿por qué? Yo estoy con mi esposa, la madre de mis hijas y la dueña de mis deseos carnales, ja, ja, ja, pero si te preocupa, esperame...

Agarra el teléfono sobre la mesa y le dice a su asistente que no le pase llamadas y que por los próximos veinte minutos no deje entrar a nadie.

—¿Feliz? —me pregunta.

—La persona más feliz del mundo —le respondo.

CAPÍTULO 15

La pandilla de Darwin

I. Darwin

15 de enero

11 a. m.

—Rafael, ¿puede manejar un poco más rápido, por favor? Tenemos que llegar a las bartolinas lo antes posible —le pido al guardaespalda que maneja. El otro es nuevo. Creo que me dijo que se llama Lucio, viene con excelentes recomendaciones del director de Protección a Personalidades Importantes.

Estamos a dos semanas de las elecciones. ¡A tan sólo dos semanas! Me cuesta creer que mis jóvenes, esos adolescentes con quienes me he estado reuniendo mensualmente desde los ataques terroristas, están detenidos por intimidación y agresión física. Tengo que resolverlo ya, antes de que salga a la luz pública. Le informé al director de la Policía que necesito verlo ahorita mismo en las bartolinas de la estación central.

Le mando un mensaje a Tati para pedirle que me llame. Ella lo hace casi inmediatamente.

—*Hi, babe!* —le digo.

—Hola, amor. Estaba pensando en darte una llamada cuando me cayó tu texto. ¿Qué sucede?

—¿Te has enterado de unos arrestos a jóvenes?

—Sí, por eso estaba pensando en llamarte. Me llegó un mensaje de nuestro equipo de monitoreo interno. Al parecer, uno de ellos puso en sus redes sociales un video de ellos atacando físicamente a dos representantes de ARENA. Qué ganas de estos jóvenes de documentar hasta las cosas malas que hacen y hacerlo público. Por cierto, ¿a dónde vas?, se escucha como si vas en un vehículo.

—Sí, voy para las bartolinas. Le pedí al director de la Policía que nos veamos ahí, tengo que ayudarlos. No los puedo dejar en la cárcel. Para decirte la verdad, me siento culpable. Creo que me pudieron haber malentendido. En la última conversación con uno de ellos, yo le dije que teníamos que hacer lo posible por derrotar a la oposición y asegurar que nuestro mensaje llegue a todos los rincones. Al parecer el altercado ocurrió cuando los dos areneros estaban pegando afiches de la Lucía sobre nuestros afiches.

—En el video se ve cómo unos cuatro jóvenes darwinianos están atacando a esos dos hombres. No hay contexto de nada, por lo menos no en las redes. ¿Quién te contó la historia? Quiero saber qué tipo de control de información tengo que hacer.

—Uno de los policías que los arrestó llamó a mi oficina porque al parecer reconoció a uno de los jóvenes en una de las fotografías oficiales que has publicado. Yo le pedí que me esperen antes de procesarlos. Necesito hablar con ellos para evaluar si los voy a ayudar, quiero saber si es un incidente aislado o si ellos se han dado a la tarea de intimidar a las personas o a sabotear eventos de campaña de alguno de los otros candidatos.

—Sí, entiendo. Te aviso que cuando salga a la luz pública, cuando la odiosa de la Lucía se entere, tendrá material para atacarte públicamente. Es que ya me la imagino, te va a tratar como jefe de la nueva pandilla darwinista. Te aconsejo que salgamos al frente dando los datos que queremos que la gente sepa, podría ser algo como "pelea entre jóvenes por preferencias políticas" o "Dos adultos pretenden intimidar a adolescentes, pero terminan en el hospital".

—Yo preferiría que no saliera a la luz. Por eso voy para allá, a tratar de mitigar el incidente.

—Ah... Yo diría que no los saqués de las bartolinas, sino que te asegurés de que sean tratados como menores de edad, y que vean a un juez lo antes posible. Yo sé que te sentís culpable, pero recordá lo que vos decís de que toda acción tiene consecuencias. Ellos tienen que enfrentar lo que hicieron, pero como menores. No tienen que ser tratados como adultos. ¿Sabés qué dice la ley en estos casos?

—La ley dice que si fueron atacados por los adultos y se defendieron, aunque le hayan ocasionado daños físicos, se puede ver como defensa personal, y los dos que están en el hospital podrían enfrentar los cargos, y no ellos.

—Ahí está el ángulo. Hay algo más...

—¿Qué más?

—Descubrimos que dos de ellos tienen cuentas con pseudónimos que difunden información falsa sobre la Lucía y sobre el candidato del PCN. De la Lucía dicen que es la directora de una red de trata de menores como esclavos sexuales, y del otro dicen que es drogadicto, y hasta han puesto fotos alteradas de él inyectándose droga.

—¿A quiénes te referís? ¿Cómo se llaman esos jóvenes?

—Yo creo que es mejor que no lo sepás por si en cualquier momento necesitás negarlo. Si en algún momento tenés que hablar de esto, vos no sabés nada.

—Pero... ¡uh! Okey. Yo no sé nada.

—Voy a enviar a un equipo a que recabe imágenes del lugar y que hablen con testigos. Hablamos más tarde.

—Sí, hablemos luego.

Llego al edificio central de la Policía y noto de inmediato la tensión en los guardias de la entrada. Están rígidos, evitan mirarme. Uno, visiblemente nervioso, me dice que el director me espera en su oficina y me indica que lo siga. Concuerdo con la cabeza sin decir nada. Subo unas gradas amplias, blancas y relucientes, diseñadas para impresionar.

En el siguiente nivel, un pasillo con ventanales muestra un jardín perfectamente simétrico. Yo voy pensando en que debo ser amable con Josué, pero tengo que mantener la distancia. Llego a una puerta alta de madera tallada que me lleva a un vestíbulo que no parece una oficina pública, sino una sala de lujo. Este lugar podría ser un museo o Casa Presidencial.

—Señor presidente —dice Josué al salir de su oficina ofreciéndome su mano para saludarme.

—Buenos días, licenciado —le digo agarrándole la mano.

—Gracias por la visita, pero no había necesidad de que usted viniera hasta acá, yo hubiera ido a su oficina si así lo hubiera deseado.

—Sí, yo sé, pero a veces prefiero salir. Además, he leído que las instalaciones centrales de la Policía tienen un pasado macabro. Sabe, siempre había querido verlas por dentro. Y está muy amplio el lugar, aún más de lo que me imaginaba.

Evito decirle que tal vez se lo quitaría para hacerlo un museo.

—Creo que ya sé a lo que viene. Es por lo de los muchachos detenidos del grupo de la juventud de su partido, ¿verdad?

—Así es, pero no vengo a pedirle que los suelte, vengo para hablar con ellos en privado. Después del incidente de anoche, no puedo llevarlos a Casa Presidencial, como se imaginará.

—Por supuesto que no. Entiendo. Ahora mismo los voy a mandar a traer y puede hablar con ellos aquí, en mi oficina. Aquí tendrá toda la privacidad que necesita.

Sí, tiene razón. No es recomendable que yo vaya a las bartolinas. Si alguien pregunta, diré que vine a una reunión con Josué.

—Me parece excelente. Y por demás está decirle que esta visita no debe salir a la luz pública. Pero si llega a ser pública, usted y yo tuvimos una reunión de trabajo.

—Entendido.

Josué hace una llamada para decir que traigan a los seis adolescentes detenidos.

—En lo que vienen, quiero asegurarme de que se les trate como lo que son, menores de edad que fueron atacados por dos adultos.

—Pero hay dos personas en cuidados intensivos en el Hospital Rosales.

—Sí. Ellos son los atacantes. Recuerde que no se pueden aplicar las Medidas de Reparo a menores sin ninguna conexión con terroristas.

—Pero... —se queda callado. Pasa un momento en silencio hasta que lo rompe para decir que pasemos a su oficina, a donde podremos tener aún más privacidad. Le pide a su asistente, quien ha estado sin decir una palabra, que salga.

El despacho es simple: un escritorio amplio y una mesa redonda para cuatro personas en un lado. Probablemente, la usa para reuniones con su equipo cercano. Él mueve las sillas, coloca una frente al escritorio y me indica que me siente en la más grande y acolchada.

—¿Gustaría reunirse con ellos a solas o desea que me quede como testigo?

—Quédese, por favor. Otra cosa, asegúrese de que nadie dé información sobre estos detenidos. Por lo menos no hasta que el Canal 10 saque la nota.

—Sí, como usted diga.

Esperamos varios minutos. Josué y yo conversamos casualmente de las instalaciones. Yo le confieso que después de leer varios relatos autobiográficos de miembros de la izquierda sobre las torturas que se llevaban a cabo en la policía durante la época de la guerra, tenía curiosidad de visitar las instalaciones. Tocan la puerta, entran los jóvenes acompañados de tres agentes. Sus manos están esposadas. Reconozco a cada uno de ellos inmediatamente.

Josué le dice a sus agentes que esperen afuera y le indica a los jóvenes que se sienten frente al escritorio.

—Buenas —dicen todos casi al unísono. Bajan la mirada y no levantan su rostro. Ninguno se atreve a verme a la cara. Parecen perritos regañados.

—¿Alguno de ustedes me puede decir qué fue exactamente lo que sucedió? —pregunto con tono fuerte. Espero que se note que estoy molesto. Todos se quedan callados. Siguen con la mirada baja. Levanto la voz y les indico que de ahora en adelante no hablarán del incidente, con nadie. Es importante que mantengan silencio—. De ahora en adelante y hasta que se gradúen de bachillerato no saldrán de sus casas nada más que para ir a la escuela. Cerrarán sus cuentas de las redes sociales y borrarán las aplicaciones de los celulares. Después de las elecciones, y con mi permiso por escrito, podrán regresar a ser voluntarios de la policía. Esta es la única oportunidad que tendrán.

Ellos siguen callados.

—¿Comprenden lo que les estoy diciendo? —hago una pausa para que hablen.

"Sí" dicen casi al unísono, otra vez. Uno de ellos levanta la mano y la mirada. Creo que se llama Carlos. Con un gesto de cabeza le autorizo a que hable.

—Mi Presidente: ¿Nos va poder ayudar? —pregunta

tímidamente.

—Ustedes son menores de edad, ¿correcto? —le pregunto.

Todos mueven su cabeza de arriba a abajo. Confirmando que tienen menos de 18 años. Continúo:

—Ustedes fueron atacados por dos adultos cuando estaban colocando afiches y se defendieron —afirmo. Ellos levantan la mirada y se ven entre sí. Siguen callados—. Ustedes saben que yo jamás les he pedido que hagan nada ilegal o que ataquen a nadie. Espero que en ningún momento hayan malentendido mis palabras cuando les pedí que ayudaran en la campaña electoral.

Uno de ellos levanta la mirada brevemente y se arma de fuerzas para decir:

—No. Usted jamás nos pidió que...

Lo interrumpo porque no quiero que se incriminen frente a Josué.

—Y es precisamente por eso que estoy aquí. Ustedes son muchachos buenos. No se les olvide eso. Tienen que actuar bien. Actuar de acuerdo a nuestros principios. Recuerden que no solo es necesario parecer una buena persona, hay que siempre hacer lo correcto. ¿Estamos de acuerdo?

Todos dicen que sí, otra vez, casi al mismo tiempo.

II. Tatiana

2 p. m.

Hace una media hora le pedí a todos que me dejaran sola. Le dije a mi asistente que no me pase llamadas. Necesito pensar cómo voy a evitar que los rumores sobre "la pandilla de Darwin" se diseminen en las redes sociales, pero no se me ocurre nada. Creo que parte de mí está preocupada de que hayamos cambiado a las pandillas callejeras por otra diferente, las pandillas creadas al culto de Darwin. No puedo quedarme aquí encerrada. Aviso por celular que me tengan el carro listo en cinco minutos. Los dos guardaespaldas asignados a mí siempre se quedan en el parqueo. Voy a salir. ¿Pero a dónde voy?

Al subirme al vehículo les pido que me lleven a La Gran Vía. Caminar por los almacenes siempre ha sido buena terapia para mí. No tengo necesidad de comprar. Tengo necesidad de caminar, ver gente e imaginarme sus vidas. Eso me ayuda a aclarar la mía.

Le pido a ambos guardaespaldas que mantengan un poco su distancia. No quiero llamar la atención, y si es posible quiero escuchar conversaciones.

Camino por la sección de ropa de niñas de Simán. Veo un vestido que creo que le va a quedar bien a Catalina. Pero si le compro ropa a Catalina, tengo que comprarle algo a Noemí y a Alicia. ¿Pero necesitan realmente más ropa y cosas esas niñas? Lo tienen todo y más. Decido irme a la sección de los televisores cuando escucho a dos mujeres platicando. Me acerco sin que me vean.

—¿Viste el video de esos hombres peleándose...? Terrible, yo sabía que ese marero no nos traería cosas buenas. Nada bueno se puede esperar de esa gente —le dice una mujer a la otra.

—Después de que hace todo el circo de meter a los pandilleros a la cárcel, solo para crear su propia pandilla, ¡uy, no! Yo también sabía que algo así iba a pasar porque el mono aunque se vista de seda, mono se queda.

Al escucharlas siento la cara caliente y aprieto las manos instintivamente. No puedo evitarlo. Me acerco a ellas y les digo:

—Buenas tardes —ambas mujeres se paralizan y se ven pálidas.

Una de ellas se queda callada y la otra responde suavemente "buenas tardes".

Les pregunto si me reconocen. Ambas mueven la cabeza de arriba a abajo.

—Qué bueno. Déjenme decirles, estimadas damas, que desde mayo del año pasado todo tipo de asociaciones alrededor de una área geográfica o de símbolos como MS son ilícitas y penadas con cárcel. Cualquier grupo organizado en una mara o pandilla son terroristas y cualquier persona que los apoye será culpable por asociación. Ahora, si ustedes conocen a algún pandillero o sospechan que alguien puede ser un pandillero, lo pueden denunciar. ¿Conocen a alguien? Yo les puedo ayudar si requieren asistencia.

Ambas se miran mutuamente. Una de ellas dice:

—Por supuesto que no tenemos ese tipo de conocidos. No. Nosotras somos personas decentes.

—¿Y las personas decentes le levantan calumnias a otras personas decentes?

—No. Nosotras solo estábamos conversando. ¿Qué, ya no se puede hablar libremente?

—Hablar sí, pero calumniar es muy feo, y alguien podría acusarlas y no querrán pasar varios meses en la cárcel en lo que tratan de aclarar su caso.

Una le agarra la mano a la otra y comienzan a caminar hacia atrás, sin darme la espalda. Viejas cabronas. No soporto a la gente como ellas.

Ahora ya sé lo que voy a hacer. Agarro mi celular y le mando un mensaje directo por Instagram a un *influencer*. Él hará que desaparezcan estos rumores estúpidos de una pandilla de Darwin, y todos los demás seguirán su línea. Él hablará de cómo los *Jóvenes Visionarios Unidos* son el futuro del país.

CAPÍTULO 16

5 de febrero

I. Tatiana

9 a. m.

Voy camino al Canal leyendo lo que los medios tradicionales han publicado sobre las elecciones de ayer. Pasadas las diez de la noche, supimos que Darwin será el próximo presidente. ¡Cinco años más! Cinco años para hacer más cambios. Yo sabía que iba a ganar, pero no estábamos seguros del margen. La Lucía obtuvo un 9 % y el otro maje del FMLN, un 5 %. Mi querido Darwin ganó con el 82 % de los votos. Aunque casi un 25 % de las personas no votaron. Increíble, uno de cada cuatro salvadoreños no creen ni en Darwin ni en nadie, a pesar de todo lo que hemos demostrado.

Los titulares son simples: "Darwin presidente", "Cinco años más para Darwin" y "Darwin ganador", pero al leer la nota hablan de inicios de una dictadura y hasta lo comparan con Ortega, en Nicaragua, y con Chávez, en Venezuela. Eso no es cierto. Mi Darwin no se parece a esos tiranos. Él es un buen hombre, con una moral fuerte y con una visión clara de cómo progresar.

Llegamos. Me bajo del vehículo y comienzo a caminar rumbo a mi despacho. Todos me saludan con el tradicional "buenos días". Me siento feliz de haber podido construir un equipo de trabajo tan profesional. Me traje a la mayoría de amigos y conocidos que quisieron trabajar conmigo en este proyecto. A muchos no les tuve ni que ofrecer trabajo, ellos me buscaron para pedirme empleo.

Solo dos de mis amigos se negaron cuando se los ofrecí, afirmando que ellos no querían dejar el periodismo. Mis esfuerzos por convencerlos de que seguirían haciendo periodismo fueron en vano.

En pocas palabras me dijeron que no se puede hacer periodismo cuando se está tratando de proteger al poder. Y creo que en otras circunstancias yo hubiera estado de acuerdo con ellos, pero ahora no tienen de qué preocuparse porque es Darwin quien está en el poder. Él no es como esos corruptos. Mi amado esposo solo quiere lo mejor para el país y su gente. Toda su gente. No sólo para unos cuantos como los presidentes pasados.

Me voy directo a la sala de juntas. Como todos los días, están los productores de los noticieros de radio y televisión, más los editores de las diferentes secciones del periódico.

—Buenos días a todos —les digo con una gran sonrisa—. Es un excelente día. Nuestro presidente volvió a ganar. La mayoría de ellos parece estar feliz, pero hay dos o tres que no sonríen.

Prosigo preguntando qué tenemos para la cobertura diaria. Uno por uno va enumerando las notas relacionadas con el seguimiento de las elecciones. Todo me parece bien, pero les digo que hay algo más que me gustaría que cubrieran... quiero una nota sobre los dos candidatos que perdieron. Les digo que quiero que hablen con ellos y nos den sus perspectivas.

Yo necesito información sobre cuáles son sus próximos pasos. Hacia dónde tenemos que poner nuestra atención y así anticipar las siguientes movidas. Por supuesto que esto lo callo.

Terminamos la reunión. Les pido que, como siempre, me manden el listado de notas que se pudieron terminar y las que necesitarán un poco más tiempo. Esto es importante.

Me voy a mi despacho. Encuentro una lista larga de medios nacionales e internacionales que están solicitando entrevistar a Darwin. Eso no va a pasar. Desde hace dos años dejamos de dar entrevistas a periodistas porque todos se dedican sólo a atacarlo. Yo no voy a permitir que distorsionen sus palabras o sus ideas sacándolas de contexto. No. Por eso me aseguro de tener suficiente material informativo para dar a conocer todo lo que estamos haciendo desde el Ejecutivo, utilizando sus propias palabras.

Todos pueden tener acceso a información si ven el Canal 10, leen nuestro diario o la página web, y si escuchan Radio Nacional. Tenemos notas de todo. Todito está ahí: el recuento oficial de los arrestos y sentencias; entrevistas con ministros sobre sus proyectos y acciones; la forma en que las instituciones de gobierno están trabajando para los salvadoreños; las mejoras al sistema de pensiones y del seguro social; las medicinas que ha comprado el país y cómo han sido repartidas en los hospitales y clínicas públicas; y, hasta qué piensan los salvadoreños comunes, los salvadoreños en la calle, sobre cómo esta administración les ha cambiado la vida.

Si los reporteros de los otros medios fueran más astutos estuvieran en la calle buscando ese tipo de notas, pero no. Sólo se quejan y se quejan, y hasta arman sus propias novelas con fuentes anónimas de los supuestos abusos o de lo que aún nos falta por hacer. Siempre habrá cosas que hay que mejorar o que tal vez no salieron tan bien. Tal vez sería bueno que Darwin dé una entrevista con una cadena internacional, tal vez con la cadena *Fox* o con la *Voz de América*. ¡Sí! Le puedo pedir a mi amiga que le haga la entrevista.

Le mando un mensaje de texto a Verónica.

—*Hola, amiga. ¿Cómo estás?*

Ella responde casi inmediatamente:

—*Bien. ¿Y vos? Tiempos de no saber de vos. Les he estado*

pidiendo una entrevista con Darwin, con el director de la PNC o con cualquier VIP que pueda hablar y nadie da declaraciones... ¿En qué te puedo ayudar?

—*¿Te interesa una entrevista con el presidente electo?*

—*Por supuesto que SÍ. ¿Decíme a qué hora y a dónde?*

—*Esperate, pero quiero que nos pongamos de acuerdo en las preguntas primero.*

—*¿De qué quiere que hablemos, Jefa de Prensa de Casa Presidencial y de todo el Órgano Ejecutivo? ¿Cómo le ayudo a ampliar su imperio?*

¿Y a esta qué le pasa? ¿Por qué me habla así? Le estoy ofreciendo la entrevista que nadie tiene, y me sale con ese tono. No me gusta.

—*¿Qué tal si hablamos? ¿Te puedo llamar ahorita?*

—*¡Usted manda, Señora Primera Dama! Llámeme.*

Le marco a su celular y contesta casi en el primer timbre.

—¡Señora Licenciada Primera Dama Vega de Alvarado! ¡Dígame! —dice en tono casi burlón.

—Estimada periodista que no se inventa las notas. Un placer hablar con usted —le digo en igual tono.

—El placer es todo mío. Así es que quiere que entreviste al presidente electo, ¿sobre qué? ¿Cómo está cambiando el país hacia una autocracia? ¿O sobre cómo está creando su culto en los barrios pobres?

Me quedo callada. No puedo creer que ella, mi amiga de siempre y que le hizo la primera entrevista como candidato, ahora esté con esta actitud. No puedo estar a la defensiva. No con ella.

—Verónica, comencemos otra vez. No sé por qué tenés esa actitud conmigo. Yo soy la misma de siempre.

—No. No, usted no es la misma. Mi amiga que quería cambiar el mundo con el periodismo y darle voz a los sin voz ¿a dónde está? En cambio, esta versión de Tatiana es de una mujer que le niega a los periodistas lo más básico: el acceso a información. No hay transparencia. No hay nada. ¿Sabés lo difícil que es ser periodista con Tatiana Vega de Alvarado en la presidencia? Es que no tenés idea. Hasta se me dificulta hacer notas simples como la disminución de la delincuencia porque no hay fuentes de primera mano. Tus ministros y jefes sólo dan información al Canal 10 o los demás medios del Gobierno. No hay forma de hacer notas periodísticas.

—Bueno, te estoy llamando para ofrecerte una entrevista con Darwin.

—Sí, pero solo de los temas que vos querés.

—¿De qué querés hablar? ¿Qué querés preguntarle?

—Para empezar, quiero saber su opinión del informe de la organización de defensa de los derechos humanos, Human Rights Watch. Ellos publicaron un reporte sobre los arrestos arbitrarios con base únicamente en la apariencia física y de personas que han sido arrestadas sin ninguna prueba.

—Ese informe salió hace meses, ¿aún quieres hablar de eso?

—Nadie de la administración habló de esto.

—¿Qué más? ¿Qué otros temas tienes en mente?

—Me acuerdo de que en la primera entrevista hablamos sobre el derecho al aborto. ¿Piensa ahora abordar ese tema?

Ese es un tema que me gustaría que abordara públicamente, ahora que ya ganó el segundo término.

—Sí, está bien. Además, me gustaría sugerirte que hablemos sobre la juventud darwiniana, los Jóvenes Visionarios Unidos, y cómo estamos avanzando en el tema de los jóvenes.

—Está bien, pero también quiero preguntar sobre la falta de transparencia de este gobierno. ¿Por qué tanto misterio?

No entiendo a qué viene esta línea de preguntas, yo como periodista sé lo importante que es tener información y mantener a las personas informadas, para eso trabajo todos los días.

—¿Transparencia? Todo lo que hacemos es público. Todo lo cubrimos. Todos sus discursos.

—¿Cuándo fue la última vez que dieron una conferencia de prensa?

—No estoy segura —le digo, pero sé que fue hace como dos años.

—¿Cuándo fue la última vez que alguno de sus funcionarios habló con la prensa?

—No te puedo dar ese dato —porque nadie está autorizado para hablar, pienso.

—¿Cuándo fue la última vez que dieron detalles sobre el presupuesto del país?

—Si quieres el presupuesto, o algún dato en específico, lo puedes pedir a la Secretaría de Información Pública. Hay profesionales que se encargan de conseguir los datos que son solicitados a las diferentes agencias del Estado.

—Ya lo hice y no me dan respuesta. La última petición que hice fue hace seis meses sobre el presupuesto del Ministerio de Educación, pedí información sobre cuánto se gastó en las *tabletas* que se les dieron a los niños en escuelas públicas y quién estuvo a cargo de la licitación. La respuesta fue que no tenían acceso a esos datos, y así quedó todo. Tatiana, no dan datos de nada. Es difícil hacer periodismo cuando no se tiene acceso a datos confiables ni a entrevistas con los funcionarios públicos. ¿Quién iba a decir que una periodista acabaría con el periodismo en El Salvador?

No quiero reaccionar mal. Me tomo un momento para respirar y cuento hasta tres. No puedo creer que me está atacando a mí. ¡A mí! Tranquila, Tati. En tono amigable, pero firme respondo:

—Yo no he acabado con nada. Información hay, solo que no te gusta reportar sobre todo lo bueno que estamos haciendo. Todos ustedes se empeñan en reportar lo que aún falta por trabajar. Sólo les interesa el enfoque negativo de todo lo que hacemos.

—Mi trabajo no es hacerle las relaciones públicas a tu gobierno. Mi trabajo es monitorear al poder. Y ahora ustedes, vos, Tatiana, son el poder. No perdás la perspectiva.

Mi trabajo es diferente. Mi trabajo ahora es asegurarme de que Darwin y su gobierno se vean bien. No de buscar a dónde están los déficits.

—Como lo veo, mi querida Verónica, vos querés una entrevista y yo te la quiero dar. Pongámonos de acuerdo.

Ella tiene razón. Pero no se lo puedo decir.

II. Darwin

9 p. m.

Estoy por entrar a la casa. Me bajo del carro. Me despido de los muchachos guardaespaldas y le digo que es todo por hoy. Se pueden ir. Los guardias a cargo de la seguridad durante la noche ya están en sus posiciones, a un lado del portón de la casa.

Tengo sueño. Hoy no pude venir a cenar. Entre reuniones y llamadas, se me hizo imposible venir a la casa. Extraño ver a mis hijas y comer con mi bella esposa. Camino por el pasillo y no escucho ruidos. ¿Será que las niñas están dormidas? No se escucha nada. Sin registrar mentalmente el camino, estoy frente a la habitación, abro la puerta y ahí está acostada leyendo algo en su *tablet*. Me acerco a la cama y aunque me siento casi sonámbulo, al sentir su aroma fresco la abrazo y le doy un beso. Esa sensación me da fuerzas. De repente me siento más despierto y con vida. Ese aroma que emana de su piel es intoxicante. Me vuelve completamente loco y repentinamente, siento que desperdicio mi tiempo al trabajar tanto en lugar de estar disfrutando de esta sinfonía sensorial que me embriaga. La beso una y otra vez hasta que siento sus manos empujando mi pecho.

—Buenas noches —me dice con una sonrisa.

—¿No te dije buenas noches? ¡Qué modales! Buenas noches, mi amada esposa. Te extrañé tanto. Mi día fue muy largo y ahora que te veo no quiero nada más que estar así —la sujeto con mis brazos y le doy besos en el cuello.

—Amor, quiero hablar con vos.

—¿De trabajo?

—Sí.

—Dame diez minutos de aquello y después hablamos —le digo.

Ella sonríe y me besa.

Lo prometido es deuda. Después de ir al baño, cepillarme los dientes y ponerme la pijama, regreso a la cama. Me siento a su lado, le agarro la mano y la veo para decirle:

—*Decime, babe.* ¿Qué es eso tan importante de lo que quieres hablar pasadas las nueve de la noche?

—Estoy coordinando una entrevista con Verónica, de la *Voz de América*.

—Sí, me acuerdo de ella. Almorzamos con ella un día, ¿verdad?

—Sí, pero ahora está un poco agresiva, dice que nadie le da

entrevistas y que le niegan información que, según ella, debería ser pública.

—Nadie está autorizado a hablar. Vos así lo ordenaste. Y la Secretaría de Información y Transparencia también fue tu idea.

Ella se me queda viendo con admiración, como si le estoy diciendo algo que no sabía.

—Pero... pero...

Se queda callada otra vez.

—*Babe*, si querés que haga una entrevista con ella, yo no tengo problema. Acordate, yo sé cómo manejar a los periodistas, para muestra un botón... ja, ja, ja... —la señalo con mis labios.

Ella se echa a reír, pero me advierte que no puedo hacer esto mismo con nadie más. Le digo que no se preocupe, que solo voy a utilizar mis tan valiosos argumentos.

—Vas a ver, cuando terminemos la entrevista ella estará de nuestro lado nuevamente. Tal como la primera vez.

—Yo no estaría tan seguro. Las cosas han cambiado. Ahora vos estás en el poder.

—Ella verá las cosas como nosotros las vemos. De eso me encargo yo.

CAPÍTULO 17

Entrevista con el presidente electo

Darwin

6 de febrero

10 a. m.

Desde el despacho de mi casa, me preparo para la entrevista con Verónica. Tatiana insiste en que se realice aquí, para mostrar nuestra vida familiar: las fotos de nuestras hijas, la sala donde vemos televisión, las estanterías con libros y las pinturas de artistas nacionales. Sé que mi tarea es clara: que ella sienta un ambiente relajado y asegurar que Verónica comprenda las razones de mi reelección.

Tatiana entra y me informa que Verónica ha llegado. Veo sus nervios y trato de tranquilizarla.

—*Babe*, te noto nerviosa. Tranquila. Es Verónica. Tu amiga.

—Es Verónica. La periodista que por meses no ha podido conseguir entrevistas con funcionarios públicos ni datos específicos y quien de repente tendrá acceso al jefe mayor.

—*Babe*, sinceramente, yo creo que te estás preocupando demasiado.

Llaman a la puerta. Juan Carlos anuncia que Verónica y su camarógrafo ya llegaron. Le digo que los deje pasar. Me acerco a saludarla con un beso en la mejilla para que ella sienta una familiaridad. Mientras tanto, Tatiana y el camarógrafo coordinan los detalles técnicos.

—Verónica, ¿gusta algo de tomar? —le digo con una sonrisa.

—No. Gracias.

Al igual que Tati, ella también se ve tensa.

—¿Segura? Creo que vamos a estar aquí un buen rato, según me dijo Tati.

—Agua, está bien.

Juan Carlos todavía está en la habitación, le pido que le diga a doña María que nos traiga agua para todos.

—¿Cuántos empleados tienen en la casa? —me pregunta.

—Tenemos a doña María, es la niñera de nuestras hijas, quien también nos ayuda con algunas cosas de la casa.

—¿Tienen sirvientes?

—No. Contratamos un servicio de limpieza que viene dos veces por semana a hacerse cargo de los baños, la cocina, y todos los otros pormenores.

—Esta casa es grande, ¿por qué no tienen dos o tres empleados domésticos?

—No me gusta la idea de tener empleados a tiempo completo en la casa. Doña María es la única que se encarga de las niñas. Con ella llevamos muchos años, desde que asesinaron a Carla. Cuando Catalina crezca espero que doña María se quede con nosotros. A mí no me gusta la idea de tener empleados y deshacerme de ellos. Ella se ha convertido en parte de la familia y espero que se quede, que opte por quedarse con nosotros, y que cuando mi mamá decida dejar de trabajar, ellas dos se hagan compañía.

—¿Su mamá se va a regresar a vivir a El Salvador?

—Estoy esperando que algún día se decida a regresar. Ella está muy orgullosa de mí y dice que no quiere ser una carga. Yo la entiendo. Ella ha trabajado toda su vida desde los 16 años. Ha de ser difícil pensar en que vas a depender de alguien, aunque ese alguien sea el hijo.

Ella sonríe y concuerda conmigo. Su rostro se suaviza un poco. Creo que voy por buen camino.

Doña María entra con una bandeja de vasos de agua. Me siento en el sofá, mientras que Verónica y el camarógrafo hacen las últimas pruebas de audio y checan la luz. Pasan un par de minutos y comenzamos.

—Presidente, en primer lugar, muchísimas gracias por darnos esta entrevista. Usted no ha concedido entrevistas a ningún medio por más de dos años.

—Gracias por venir a nuestra casa, que es también su casa.

—Felicidades por ganar las elecciones. Es usted el presidente electo de El Salvador a pesar de que la Constitución lo prohíbe.

Ella hace una pausa. Yo no digo nada. Estoy esperando la pregunta. No hago ningún gesto. Simplemente espero. Al ver que no reacciono, ella continúa:

—Licenciado, usted es abogado de profesión. ¿Cómo explica su desapego e irrespeto a las leyes del país, específicamente a la Constitución de la República?

—La respuesta corta es que el país necesita continuidad en el progreso de los últimos trece meses, específicamente en el tema de la seguridad y la educación. Déjeme que le explique. El primero de mayo del año pasado tuvimos el primero de dos bombardeos terroristas perpetrados por pandillas, ordenados desde la cárcel. En ese momento nos vimos obligados a imponer medidas que suspendían los derechos de los terroristas de presunción de inocencia y los obligamos a aceptar la responsabilidad por el caos ocasionado y la pérdida de vidas de salvadoreños trabajadores. En seis meses logramos que el noventa por ciento del país esté en paz. Hemos logrado la paz que tanto deseábamos. Esa tranquilidad, esa paz lograda, ha hecho que las empresas florezcan. Yo no podía permitir que una cláusula de la Constitución de 1983, y que conste que ha habido otras constituciones salvadoreñas que no imponen esa regla, nos hiciera retroceder en nuestros avances. Las acciones de este gobierno nos han llevado a una disminución significativa de un noventa por ciento de las extorsiones, asesinatos y violencia en general. Además, han subido los índices económicos y de esperanza por el futuro del país. Por primera vez en la historia hemos realmente logrado la PAZ —hago una pausa para subrayar mi punto. Veo en sus ojos que está comprendiendo lo que estoy diciendo—. Y los salvadoreños lo saben, por eso votaron por mí otra vez. Yo estoy respondiendo al respaldo popular. Si el pueblo quiere que yo lidere, yo lo haré. Yo asumo mi obligación de proteger a los habitantes de nuestro país en un contexto histórico que requiere mano dura en contra de los criminales, mientras mejoramos todos los aspectos de la vida diaria, la economía, la salud, la educación y las oportunidades para personas con mi mismo origen humilde.

—Presidente, su premisa de continuidad podría llevarlo a perpetuarse en el poder. ¿Se piensa quedar en la presidencia mientras sea reelegido? ¿O de qué depende que deje la presidencia?

—Creo que tenemos que ir un paso a la vez. Yo no comencé la presidencia pensando en que iba a estar aquí cinco años después, dispuesto a trabajar otros cinco años. Yo no estoy aquí para quedarme en el poder indefinidamente. Yo estoy aquí para trabajar. Mi trabajo es liderar al país con miras a un futuro mejor. Un futuro en donde mis hijas y los hijos de todos los salvadoreños puedan progresar. Todo lo que hacemos es pensando en nuestros hijos e hijas. Si tenemos que ajustar las leyes que permiten que los criminales tengan menos derechos, pues lo haremos. Si necesitamos ajustar esa mentalidad que excluye a un amplio segmento de la población por las condiciones en las que viven, pues hay que cambiarlo. Si necesitamos educarnos para poder competir internacionalmente en un mundo cada vez más interconectado, pues lo haremos.

—Pero eso no responde mi pregunta. ¿Cuánto tiempo se piensa quedar en el poder? —enfatiza con tono fuerzo. No le puedo dar más detalles porque no sé.

—Voy a cumplir con el mandato del pueblo salvadoreño. Ellos quieren cinco años más de un gobierno que ha trabajado para ellos y que ha removido obstáculos...

—Pero, la Constitución dice que...

—La Constitución, al igual que cualquier grupo de leyes, tienen poder cuando son respaldadas por las personas. Los salvadoreños obviamente no apoyan ese apartado en el que se habla de un período presidencial de cinco años. Cuando las reglas no responden a las necesidades, es imperativo modificarlas. Y lo vemos una y otra vez en la historia, lo vimos en Estados Unidos cuando se modificó la ley que permitía la reelección del presidente por varios períodos consecutivos, ahora se permiten dos términos presidenciales consecutivos. Lo vimos cuando se cambió la Constitución de El Salvador de 1952 y después en 1983, y se volvió a cambiar catorce años después. Mi punto es que las leyes cambian. No son estáticas.

—Sí, pero en este caso no han cambiado. No tenemos una nueva Constitución. No tenemos modificaciones, ni siquiera tenemos propuestas para modificarla.

—Aún no. Es cierto. Pero estoy seguro de que la próxima Asamblea Legislativa modificará las reglas obsoletas. Esta nueva asamblea que iniciará funciones el 1 de junio.

Veo que la cara le cambia. Sí, mi partido ganó casi dos terceras partes de los puestos a diputados de la Asamblea Legislativa.

—¿Usted le pedirá a la Asamblea Legislativa que haga

modificaciones a la Constitución para perpetuarse en la Presidencia?

—No. Hay separación de poderes. Yo no pediré nada que el pueblo salvadoreño no quiera —le digo.

En realidad no necesito hacer esa petición pública porque sé que hay conversaciones internas del partido para actualizar los términos presidenciales a dos términos consecutivos, con la posibilidad de regresar cinco años después. Pero no es eso lo que yo quiero.

—Verónica, yo no tengo ninguna intención de quedarme en la presidencia para siempre. Mi intención es únicamente estabilizar el país. Ya eliminamos casi por completo el yugo de las pandillas y del crimen organizado. Ahora tenemos que enfocarnos en crecer como país, todos juntos, sin discriminar a segmentos de la población como se hizo en el pasado, donde solo unos pocos avanzaban. No. Tenemos que cambiar. Toda persona que quiera progresar lo podrá hacer. Quien quiera estudiar lo hará. Quien quiera poner su negocio lo puede hacer. No hay límites para lo que podemos hacer juntos, motivándonos unos a otros.

—Todo eso suena bien. Son palabras bonitas. Pero la realidad es que hay personas inocentes en la cárcel cumpliendo condenas sólo por conocer a algún pandillero. La realidad es que las organizaciones de derechos humanos han puesto a El Salvador como uno de los países en donde el Estado no respeta los derechos civiles fundamentales de sus ciudadanos. La realidad es que las personas siguen emigrando de El Salvador, son cientos de personas que cada día se van.

Me quedo callado por un momento. Esas son tres afirmaciones y ninguna pregunta. Cuando veo que no tiene una pregunta, decido responder la última afirmación.

—El gobierno no puede restringir el libre movimiento de las personas. Las personas que quieren irse pueden hacerlo, es parte de la libertad individual. Lo que nosotros podemos hacer es darles razones para quedarse, para trabajar juntos por una sociedad más justa. Trabajar para mejorar nuestra economía y eso es lo que estamos haciendo. Las personas que votaron por nuestra visión de país saben que lo podemos lograr y saben que haremos todo lo posible por romper los obstáculos que nos llevaron a múltiples masacres, una guerra civil y al establecimiento de medidas excepcionales para frenar la violencia. Esas Medidas de Reparo, que aún están siendo prorrogadas cada tres meses, tendrán que desaparecer pronto para darle lugar a la verdadera paz social. No esa paz ficticia. La firma de los Acuerdos de Paz fue un evento falso. Un documento que se firmó entre la derecha y la izquierda para permitirles robar los recursos del Estado. Esta es una paz de verdad que tenemos que proteger.

—¿Cuál es su respuesta a los señalamientos internacionales de que está violando los derechos fundamentales de las personas al hacer arrestos y encarcelamientos sólo por el aspecto de las personas o por dónde viven?

Me molesta que a las personas que no fueron impactadas directamente por la violencia de las pandillas les preocupa más el derecho de los delincuentes que de las personas honestas. Es como si no le importaran los avances en seguridad que hemos tenido.

—Estamos atendiendo las denuncias ciudadanas. Nos estamos enfocando en las zonas con más actividad de las pandillas y el resultado es que la delincuencia y el terrorismo han desaparecido. Esas personas que hemos arrestado estaban violentando el derecho más fundamental de los salvadoreños: el derecho a la vida. Yo le pregunto a usted, ¿a dónde estaban esas organizaciones internacionales cuando los derechos de la mayoría estaban siendo pisoteados?... Si estuviéramos equivocados en los arrestos, sucederían dos cosas: Una, los terroristas continuarían cometiendo crímenes; y, dos, hubiéramos perdido el apoyo de la población. Ninguna de estas cosas ha pasado.

Verónica frunce la frente levemente y presiona sus labios. Será que duda de lo que estoy diciendo. Me tomo un momento, respiro y continúo.

—Verónica, digamos que cedemos a la presión que esas organizaciones internacionales están tratando de poner en nosotros. ¿Sabe qué sucedería? Tendríamos que dejar salir a muchos delincuentes y volverían a las calles a tomar venganza.

—Pero usted no puede estar seguro de lo que sucedería, nadie puede estar seguro de que seguir un proceso judicial justo haría que la violencia regrese.

—¿Recuerda las dos bombas de mayo del año pasado?

—Sí...

—Las órdenes venían de pandilleros en la cárcel que pretendían vengarse por el incremento en las detenciones, querían asegurar su control sobre la población. ¿Cree que deberíamos regresar a cómo estábamos antes?

—No, por supuesto que no, pero ¿por qué tiene que ser una cosa o la otra?

—Los criminales no piensan como piensa usted o la mayoría de personas honestas. Tenemos que tomar en cuenta el *modus operandi* de esos terroristas que se dedican a mantener el control con el miedo. Si comenzamos a liberar a personas se nos van a colar maleantes que tienen que estar en prisión. Ya encarcelamos a la mayoría, ahora es tiempo de ver hacia adelante, hacia el futuro.

—¿Y el futuro del país incluye al licenciado Alvarado? —interroga sin ver las preguntas que tiene escritas en su libreta.

Su actitud es aún muy beligerante. Tengo que ponerla de nuestro lado. Ya sé por dónde me voy a ir.

—Por el momento, sí. Los salvadoreños ya dieron su opinión en forma de voto. Por mayoría contundente ganamos las elecciones. Ahora tenemos que seguir removiendo obstáculos y creciendo como país. Vamos a modernizar el entrenamiento de los maestros para que nuestros hijos reciban educación de calidad. Vamos a empoderar a las mujeres para que ellas puedan tomar el control de sus cuerpos y así, de sus vidas. Vamos a...

—Perdón. Paremos ahí un momento. En este último punto. ¿A qué se refiere con "empoderar a las mujeres"? ¿Cómo? ¿Estamos hablando de educación? ¿De oportunidades económicas? ¿De qué exactamente?

—De todo. Estamos hablando de todo. Las mujeres tienen los mismos derechos que los hombres y tenemos que tratarlas igual. Ellas tienen derecho a las mismas oportunidades de educación, de trabajo, de ser dueñas de cuentas de bancos, de sus casas y, por qué no, sus cuerpos.

Ella inhala hondo. Veo admiración en su rostro. Sin pensar pregunta:

—¿Está hablando del aborto?

—Estoy hablando de salud reproductiva. Yo no estoy de acuerdo con el aborto, pero ¿por qué me voy a oponer a que una mujer decida lo que es mejor para ella? ¿Por qué se ha legislado una decisión que tendría que ser completamente de las mujeres? Yo le puedo decir por qué. Es la moral religiosa que nos han impuesto y que la han utilizado para legislar y para controlar a la mitad de la población. Yo les digo "aquí se acaba". Las creencias religiosas no pueden seguir siendo la base de la discriminación en contra de las mujeres.

Su boca se abre en señal de admiración. En el país todos los políticos se muestran muy religiosos, o por lo menos lo quieren parecer, mencionando a Dios en cada discurso. Yo me niego a ser de esos.

—Pero, ¿Cómo lo va a cambiar? ¿Tiene el apoyo en la Asamblea Legislativa para hacer ese tipo de cambios?

—Por el momento no, pero estoy seguro de que hay esposos y padres preocupados por la salud de sus seres queridos que se unirán a las mujeres que desean tener derecho a la salud reproductiva en este país. Mire, lo que estoy proponiendo no es algo novedoso. México cambió sus leyes hace diez años más o menos, y hay otros países en Latinoamérica que han optado por actualizar sus leyes permitiendo que las mujeres tengan acceso a los cuidados médicos que necesitan y cuando lo necesitan. Además, yo creo que nos ayudaría con el combate a la violencia. Si las mujeres tienen control sobre sus cuerpos, no tendríamos tantos niños que nadie quiere. El derecho a la vida es fundamental, pero el derecho a la vida a todo nivel. Las mujeres deberían también tener el derecho a obtener servicios médicos cuando lo necesitan. En la Constitución de 1952, las salvadoreñas tenían derecho a abortar en casos de violación, incesto o cuando la vida de la madre corría peligro. Ese derecho fue retirado por la Constitución de 1998. ¿Por qué no podemos regresarle a las mujeres el derecho a decidir por sí mismas? ¿Por qué no permitir que la mitad de la población tenga derecho a la vida que ellas desean?

—Licenciado, su madre fue una muchacha que quedó embarazada a corta edad, creo que tenía quince años, ¿verdad?

—Sí, es cierto.

—Y si ella hubiera abortado, usted no estaría aquí.

Me he hecho esa pregunta mil veces: ¿Qué hubiera pasado si mi mamá hubiera tenido la opción de no tenerme?

—Es cierto, y el mundo seguiría su rumbo. El mundo no se acaba cuando una persona falta. Es más, a veces, hasta mejora la situación para otros. Le doy uno de varios ejemplos, hay un estudio de la Universidad de Stanford que señala una relación directa entre el acceso al aborto en la década de los setenta con una disminución de entre el cincuenta al cincuenta y cinco por ciento en los crímenes violentos en Estados Unidos. Esos datos no se pueden negar y no se deberían esconder. Estoy seguro de que si permitimos que las mujeres tengan control sobre sus cuerpos, el país estará aún mejor en los próximos quince a veinte años.

Verónica se queda callada por un momento. Vuelve a ver a Tati. Cuando Tati le dice con la cabeza que puede seguir, ella revisa su libreta.

—Licenciado, en el tema económico. ¿Cuáles son los rubros de la economía en que se enfocará en su segundo período presidencial?

—Nos vamos a enfocar en todos los sectores de producción que los salvadoreños quieran. Como hemos visto, hemos tenido inversión extranjera en el área farmacéutica, computación, turismo y servicio al cliente, estos son los *call centers*. Si los salvadoreños quieren expandir sus negocios en el área de exportación de café o de insumos agrícolas, por supuesto que les vamos a brindar ayuda técnica. Aunque déjeme decirle que el desarrollo no proviene de la producción agrícola solamente, sino de manufactura de productos agrícolas. ¿A qué me refiero? Nosotros tenemos café, si exportamos el grano de café para que otro lo convierta en un producto consumible, ese otro negocio se queda con la mayor parte de la ganancia. Los ejemplos de éxito de este tipo son muchos en el mundo. Las galletas danesas, por ejemplo, había una sobreproducción de mantequilla y en lugar de exportarla directamente como un insumo corriente, los daneses decidieron hacer galletas de mantequilla que ahora son famosas en todo el mundo y generan riqueza. Los chocolates, también son otro ejemplo, los belgas son famosos por sus chocolates, aunque ellos no siembran el cacao, sino que proviene de un país subdesarrollado de África. Es importante que nosotros entendamos cómo funciona la economía mundial y que podamos ofrecer productos que nos hagan ricos. No se trata sólo de vender productos para hacer ricos a otros países.

—Licenciado, entonces, ¿qué es lo que El Salvador debería producir?

—Podemos producir una amplia variedad de productos y servicios, pero tenemos que adquirir esa visión a largo plazo creando nuestra propia marca. No se trata de darle nuestros productos a otros para que ellos creen la marca. Nosotros tenemos esa capacidad y tenemos a nuestro vicepresidente, quien tiene una amplia educación en el funcionamiento de mercados internacionales y el crecimiento interno. Eso es algo de lo que él se encargará personalmente. El licenciado Torres tiene toda mi confianza y el poder para tomar decisiones.

—Usted ha sido muy generoso con su tiempo. Para finalizar, ¿se podría comprometer públicamente a mantener la libertad de prensa? ¿A ser transparente en su segundo período presidencial dándonos información y entrevistas?

—Mi administración da información al público. Es más, yo estoy dando actualizaciones constante y directamente a través de las redes sociales...

—Pero nadie está dando entrevistas. Todas las carteras de Estado tienen prohibido hablar. ¿Por qué?

—La prensa tiene acceso a información, pueden solicitar los datos que requieren a la Secretaría de Transparencia.

Aprieta sus labios. Mueve la cabeza levemente. Veo en su rostro que no le gustó la respuesta.

—¿Por qué tanto hermetismo?

—Algunos medios representan intereses que no son los mismos intereses del pueblo. Otros representan a ideologías desfasadas del siglo anterior. Mientras que otros medios simplemente buscan los *clics* y no les importa el daño que puedan ocasionar. Pero los periodistas de verdad, como usted, tienen acceso. Si no, no estuviéramos aquí.

—¡Yo creo que en cinco años estaremos aquí otra vez! —enfatiza Verónica.

CAPÍTULO 18

Darwin

1 de junio

8 a. m.

La caravana presidencial avanza lentamente por la avenida principal, flanqueada por filas de banderas que ondean con el viento. A través de las ventanas blindadas, puedo ver a la multitud agolpada a los costados, agitando pancartas y coreando consignas. Los flashes de las cámaras iluminan el aire polvoriento.

Dentro del vehículo, el murmullo del mundo exterior queda amortiguado. El aire acondicionado zumba suavemente. Tati y yo estamos juntos en el asiento trasero. La miro de reojo. Su perfil perfecto brilla bajo la tenue luz del sol que se filtra por la ventana. Su sonrisa es serena pero cargada de emoción. Siento su mano cálida entrelazándose con la mía, un gesto sencillo, pero lleno de significado.

—Será histórico —murmuro, casi para mí mismo.

Ella concuerda, sus ojos brillan con un orgullo que solo ella sabe mostrar. Todo ha sido planeado al detalle. Ella supervisó cada toma, cada encuadre. Nada quedará al azar en los clips que inundarán las pantallas en las próximas semanas. Este momento es tanto suyo como mío.

El vehículo se detiene frente al Palacio Nacional. Bajo y rodeo el automóvil. La multitud ruge con un estruendo de vítores. Al abrir la puerta para Tati, el sol le acaricia el rostro, por un instante parece casi irreal, como sacada de un cuadro renacentista. Le ofrezco mi mano. Ella desciende con elegancia. Las cámaras capturan cada movimiento, cada mirada cómplice.

Caminamos juntos hacia la tarima, nuestras manos firmemente entrelazadas. Tati lleva un vestido azul ceñido a su figura, una elección que resalta su porte impecable. Mi corbata hace juego con su atuendo, como una unión silenciosa. El bullicio se intensifica cuando nos acercamos.

Desde un costado, veo a Efrén entre el público. Su expresión es una mezcla de orgullo y preocupación. Aunque ha cuestionado en privado esta decisión de un segundo mandato, ahora aplaude con la misma fuerza que los demás, fiel al papel que ha decidido desempeñar en este día.

El escenario brilla bajo los reflectores, y mientras subimos los escalones, siento que estoy entrando nuevamente en las páginas de la historia.

El sol se asoma tímidamente sobre la capital mientras yo me acerco al podio con determinación y confianza de todo lo que voy a prometer hoy:

> "Ciudadanos de nuestra amada nación, distinguidos invitados, amigos y compatriotas, les agradezco su presencia en este día que marca el inicio de un nuevo capítulo en la historia de nuestra patria. Hace cinco años, nos embarcamos juntos en una travesía para transformar los desafíos en oportunidades, y hoy, con humildad y gratitud, asumo el compromiso de liderar este país hacia un futuro aún más brillante por CINCO AÑOS MÁS."

Hago una pausa. La gente aplaude con entusiasmo y

alegría. Yo no puedo más que sonreír y esperar a que terminen.

"Desde el primer día de mi primer mandato, hemos enfrentado valientemente la amenaza persistente de las pandillas, que han buscado socavar la paz y la seguridad que todos merecemos. Hoy renuevo mi compromiso inquebrantable de mantener la seguridad pública como una prioridad fundamental. Tenemos que garantizar lo mínimo: Nuestro derecho a vivir nuestras vidas.

En mi segundo mandato, intensificaremos nuestras acciones para erradicar las raíces que dieron lugar a la violencia de las pandillas. Nuestros hijos e hijas tendrán educación de calidad, adultos que los guíen por el buen camino, y oportunidades de trabajo. Trabajaremos incansablemente para asegurar que los responsables de sembrar el miedo y la violencia rindan cuentas ante la justicia. Vamos a fortalecer la seguridad pública y a mejorar la cooperación internacional para combatir eficazmente el crimen transnacional que amenaza nuestras fronteras.

Trabajaremos también para que la educación sea el cimiento sobre el cual construimos el futuro de nuestra nación. En este segundo mandato, nos dedicaremos a transformar nuestro sistema educativo. Desde la base, desde las aulas de nuestras escuelas, sembraremos las semillas del conocimiento que florecerán en generaciones futuras. Esta es una meta que para mí es personal. Es todo personal. Gracias a la educación pública que recibí en la Universidad de El Salvador estoy aquí hoy. Estoy aquí acompañado de mi mejor amigo, Efrén, a quien conocí en la universidad y quien representa la tercera generación de abogados en su familia. Estoy aquí con mi esposa, Tatiana, quien fue la primera persona que me dijo que si quería ser de los buenos, tenía que estudiar. Y estoy aquí porque todos ustedes creyeron en mi propuesta, y ahora han decidido apostarle al futuro de nuestros hijos e hijas.

Implementaremos programas integrales que no sólo fortalezcan la calidad de la educación, sino que también aseguren que cada niño y niña tenga acceso a oportunidades educativas equitativas. Construiremos escuelas modernas, capacitaremos y apoyaremos a nuestros maestros, y fomentaremos un entorno educativo que inspire a la excelencia y la creatividad.

La salud de nuestra juventud es la riqueza más valiosa de nuestra nación. Y en este segundo mandato, nos comprometemos a garantizar que cada estudiante tenga acceso a comida saludable y nutritiva en nuestras escuelas. Vamos a establecer programas que promuevan hábitos alimenticios saludables y aseguren que ningún niño o niña sufra las consecuencias de la malnutrición.

Nuestra economía es la fuerza vital que impulsa el progreso y la prosperidad de nuestra nación. En los próximos cuatro años, continuaremos apoyando las empresas privadas como motores del crecimiento económico. Crearemos un entorno empresarial favorable, eliminaremos las barreras que muchas veces pone la burocracia y alentaremos la inversión internacional que contribuirá al desarrollo sostenible de nuestro país.

Fomentaremos la innovación y el emprendimiento, y trabajaremos para diversificar nuestra economía, asegurando que todos los sectores tengan la oportunidad de contribuir al progreso colectivo. En este segundo mandato, fortaleceremos alianzas estratégicas con socios internacionales para impulsar el desarrollo económico y mejorar la calidad de vida de nuestros ciudadanos.

Más aplausos. Yo espero a que terminen. Sonrío levemente.

Ahora hablemos sobre las mujeres. No sé si ustedes saben que yo soy el único hombre en mi casa. Estoy rodeado de mujeres en la casa y en el trabajo. Más de la mitad de mi gabinete son mujeres. Yo respeto a las mujeres salvadoreñas. Son luchadoras y saben qué es lo mejor para ellas y sus familias. En el umbral de mi nuevo período, reafirmo mi compromiso con la equidad y la justicia social. Es hora de abordar una cuestión fundamental que ha sido pasada por alto durante demasiado tiempo: el derecho de las mujeres a tomar decisiones sobre su propio cuerpo y reproducción.

En este segundo mandato, defenderemos con firmeza los derechos reproductivos de todas las mujeres. Trabajaremos para desmantelar barreras que limitan el acceso a la atención médica, promoveremos la educación sexual integral y aseguraremos que cada mujer tenga la capacidad de tomar decisiones informadas y autónomas sobre su salud y su futuro. Me comprometo a luchar por el derecho de mis hijas y todas nuestras hijas a que puedan tener acceso a un sistema médico que priorice su salud y bienestar ante cualquier otra cosa. Mi primer acto como presidente será enviar una propuesta de ley que dará acceso inmediato a medicamentos que nuestras hijas necesiten para cuidar de sus cuerpos.

Veo que Efrén sonríe. Yo sé que por eso se quedó a apoyarnos.

En conclusión, ciudadanos de esta tierra maravillosa

y bendita, este segundo mandato es un llamado a la acción, a la unidad y a la construcción colectiva de un futuro vibrante. Trabajemos juntos, superemos desafíos y celebremos los éxitos. Con la confianza que depositan en mí, lideraré con humildad y determinación, sabiendo que juntos, como una nación unida, alcanzaremos nuevas alturas.

Que este segundo mandato sea testigo de una nación que no solo persevera, sino que florece. Que sea un tiempo de progreso, igualdad y esperanza para todos. ¡Adelante, hacia un futuro más grande y más luminoso para El Salvador!

¡Que Dios bendiga a nuestra amada nación!

CAPÍTULO 18

Artículo de Wikipedia

Tatiana

La página de Wikipedia sobre El Salvador está abierta frente a mí, con sus párrafos neutrales, escuetos y, a veces, distantes. Me sorprende lo mucho que se ha escrito y lo poco que dice en realidad. Esta es la historia que el mundo lee sobre mi país, y yo estoy aquí para editarla, no sólo con datos precisos, sino con la profundidad de lo vivido.

El cursor parpadea junto al título. Inhalo lentamente. Hoy voy a reescribir no solo las palabras, sino también las impresiones que persisten sobre una era que definió quiénes somos.

La primera sección es factual, casi una lista:

> **"El Salvador, oficialmente República de El Salvador, es un país de Centroamérica. Limita al noreste con Honduras, al noroeste con Guatemala y al sur con el Océano Pacífico. La capital y ciudad más grande es San Salvador. Se estima que la población en la década del 2024 era de 6.5 millones."**

No modifico esa parte. Los datos geográficos no son el problema. Es en lo que viene después donde la narrativa necesita ajustes, porque la historia de El Salvador no puede contarse sin mencionar al hombre que redefinió el concepto de paz y progreso.

Encuentro el párrafo que resume la era de Darwin Washington Alvarado y dejo escapar un suspiro. Sólo una línea sobre su mandato: una frase seca y sin contexto que reduce sus períodos presidenciales a una nota al pie. El Salvador fue mucho más que eso. Comienzo a escribir:

"El Salvador emergió como una nación de prosperidad y esperanza, liderada por el presidente Darwin Washington Alvarado, cuyo mandato transformó al país en el símbolo de paz y modernidad más destacado de Latinoamérica. Aunque su ascenso fue controvertido, su legado es innegable: la desaparición de la violencia de pandillas que durante décadas asoló a la población."

Pauso y recuerdo. Las primeras medidas de Darwin fueron drásticas. La vigilancia, los operativos, las detenciones masivas. Fue un líder polarizante, pero ¿acaso la historia de la paz no suele ser escrita por decisiones difíciles? Los resultados llegaron rápidamente: calles seguras, escuelas abiertas y parques llenos de familias sin miedo.

Agrego un nuevo párrafo:

"A través de una estrategia integral de seguridad y programas sociales de prevención, Alvarado logró erradicar la amenaza de las pandillas en las comunidades más vulnerables. Este éxito le otorgó el reconocimiento internacional como el verdadero 'Presidente de la Paz'. Sin embargo, su visión iba más allá de la seguridad. Desde el inicio, entendió que la paz sólo sería sostenible si se acompañaba de progreso social y económico para todos."

Reviso la sección siguiente, que habla sobre la economía. Mis dedos vuelven a teclear con rapidez:

"Durante sus mandatos, Alvarado impulsó políticas económicas que atrajeron inversión extranjera y diversificaron la economía salvadoreña. Empresas tecnológicas, de ingeniería y energías limpias vieron en

El Salvador un lugar ideal para establecerse, generando miles de empleos bien remunerados. Bajo su liderazgo, el país vivió la época de mayor prosperidad de su historia contemporánea, con un crecimiento que fortaleció a la clase media."

Me detengo un instante. Miro el cursor parpadear y dejo que mi mente regrese al momento en que se inauguró la primera universidad técnica gratuita. Recuerdo la ceremonia, los estudiantes con sus batas blancas de laboratorio, sus rostros llenos de esperanza.

Escribo:

"El sistema educativo salvadoreño fue completamente renovado bajo el liderazgo de Alvarado, quien declaró la educación de calidad como un derecho inalienable. Se construyeron escuelas con tecnología de punta y se otorgaron becas que permitieron a miles de jóvenes acceder a estudios superiores y capacitación laboral. La visión del presidente Alvarado fue clara: un pueblo educado es un pueblo libre."

Las palabras fluyen con naturalidad. Estoy aquí para ajustar los detalles, para asegurarme de que los hechos reflejen tanto el avance como los sacrificios. Paso a la sección de salud y añado un nuevo encabezado:

"Derechos reproductivos y bienestar social"

Escribo con determinación:

"Alvarado implementó un sistema de salud inclusivo que garantizó acceso gratuito a servicios médicos de alta calidad. Entre las políticas más equitativas de su mandato estuvo el acceso libre y seguro a la salud reproductiva. Con esta medida, las mujeres salvadoreñas recuperaron la autonomía sobre sus decisiones, fortaleciendo así el tejido social y reduciendo las tasas de mortalidad materna. Esta política fue reconocida internacionalmente

como un hito en los derechos de las mujeres."

Me detengo para leer lo que he escrito. Lo imagino desde la perspectiva de alguien que no conoce El Salvador. Quizás un lector al otro lado del mundo, tratando de entender cómo un país pequeño, alguna vez quebrado por la guerra y la pobreza, logró convertirse en un símbolo de avance.

Finalmente, llego a la conclusión de la sección sobre Darwin Washington Alvarado:

"La era de Darwin Alvarado transformó a El Salvador en un modelo de desarrollo sostenible y equidad. Bajo su liderazgo, se reforzaron las relaciones internacionales, posicionando al país como un ejemplo de estabilidad y modernización en la región. Su administración sentó las bases de un país próspero que continúa evolucionando. A pesar de las críticas hacia su prolongada estadía en el poder, los historiadores coinciden en que sus cuatro mandatos marcaron la época de mayor crecimiento y unidad nacional."

Cierro el artículo y lo releo con detenimiento. Mi país tiene muchas historias que contar, pero esta es la que quiero que el mundo recuerde: la historia de un pueblo que soñó con la paz y luchó por alcanzarla, la historia de un líder que, a su manera, cambió nuestro destino para siempre.

Presiono el botón de guardar cambios y me quedo mirando la pantalla. La página actualizada ahora contiene nuestra verdad, una que no se puede borrar con facilidad.

Me recuesto en la silla, me siento satisfecha. Darwin Alvarado será recordado por su legado: un país que se reedificó pieza por pieza, hasta volverse irreconocible incluso para sus propios fantasmas.

ABOUT THE AUTHOR

Yurina Melara

 Periodista y estratega en comunicación con más de veinte años de experiencia, Yurina se ha destacado como reportera y columnista del prestigioso diario La Opinión, relaciones públicas y campañas de impacto social. Su trayectoria incluye posiciones clave en el gobierno de California, donde lidera estrategias de comunicación multicultural, y como galardonada periodista enfocada en temas de salud pública y justicia social.

Además, es autora de Todo Personal, una trilogía de ficción política que explora intrigas y conflictos. El último libro de esta serie se publicará en 2025 en El Salvador y a nivel internacional, consolidando su lugar en la literatura contemporánea.

BOOKS IN THIS SERIES

Todo Personal

La trilogía Todo Personal es una cautivadora serie de ficción política y criminalidad ambientada en El Salvador que explora los límites del amor, el poder y la redención en un país marcado por la violencia. A lo largo de tres entregas, seguimos a Darwin Alvarado, un expandillero deportado de California que, tras perder a su esposa e hija en un horrendo crimen, se convierte en una figura clave en la lucha por un nuevo El Salvador libre del yugo de las pandillas.

En el primer libro, Todo Personal: La Masacre de La Sagrada Familia (2023), Darwin forma una inesperada alianza con un policía y una periodista para desentrañar los motivos detrás de los asesinatos que marcaron su vida.

El segundo libro, Todo Personal II: Entre el Amor y el Poder (2024), nos lleva a un año y medio después, donde Darwin inicia una travesía política para transformar al país, mientras Tatiana, la periodista que esclareció el misterio del primer crimen, enfrenta dilemas emocionales en medio de una vibrante campaña electoral y un complejo triángulo amoroso.

Finalmente, Todo Personal III: El Recuento de los Años (2025) culmina con una reflexión profunda sobre el poder y las diferentes visiones para el pequeño país. Enfrentando amenazas de violencia extrema y conspiraciones políticas, Darwin y Tatiana deben tomar decisiones que marcarán el destino de toda una generación y el futuro de El Salvador.

La trilogía no solo es un thriller apasionante, sino también una poderosa exploración de la resiliencia y la lucha por la justicia en una nación herida.

www.ingramcontent.com/pod-product-compliance
Lightning Source LLC
Chambersburg PA
CBHW060329260626
47160CB00007B/2736